契約結婚ってありですか
利害一致から始まる恋？

紅原 香

富士見L文庫

プロローグ

お父さん、お母さん。吹く風も次第に夏めいてまいりましたが、いかがお過ごしでしょうか？　咲《さき》です。

突然ですが私、この度入籍しました。

はがきでの報告でごめんなさい。急な話だったので先に入籍を済ませてしまいました。

相手は成嶋玲司《なるしまれいじ》さんといいます。結婚相談所に勤めていて、誠実でとてもしっかりした方です。

二人で仲良くやっていますのでどうか心配しないで下さい。仕事が忙しくてなかなか休みが取れないけれど、落ち着いたら実家へ顔を出します。

お父さんもお母さんも、風邪など引かないように御自愛下さい。和葉《かずは》と枝織《しおり》にもよろしく。

それでは。

「……はぁ」

駅近くの郵便局前にあるポストへはがきを投かんし、ため息を吐く。

(お父さん絶対切れるだろうなぁ)

一応結婚の報告なので、頑張ってネットで調べた、五月頃に適した時候の挨拶《あいさつ》を入れてみたのだが、あまり意味はないだろう。

頑固親父を絵に描いたような人だ。『はがき一枚で結婚の報告とは何事だ!』と怒りの電話が速攻でかかって来るであろうことは想像に難くない。

(ほとぼりが冷めるまで無視しよう。うん、それがいい)

とにかく結婚してしまったものは仕方がないのだ。私が思いつきで行動するのは昔からなんだし、あきらめてもらおう。

自分に言い聞かせるように心の中で唱え、私はポストから離れた。

私が住んでいるマンションの最寄り駅である阿佐ヶ谷《あさがや》駅まで徒歩約八分。そこから高尾《たかお》方面に向かう電車に乗って七分ほどで、吉祥寺《きちじょうじ》に到着した。新宿《しんじゅく》方面に向かう電車よりは大分空《す》いているけれど、ラッシュアワーはやはりそれなりに混む。

ドアが開いた途端、押し出されるようにしてホームに降り、公園口へ出る階段を降りてマルイを通り過ぎ、ドン・キホーテの脇の小道を少し進むと、三階建ての古いビルが見える。その道路に面した一階が、私が勤めている美容室『ヘアサロン・ソルテ』だ。駅からここまでで五分ほど。タイムカードを押したのは八時四十五分。うん、今日も十五分前には到着できた。我ながら完璧《かんぺき》だ。

「咲せんぱーい！　結婚おめでとうございまーす！」

店に着いてタイムカードを押した途端、後輩の窓花《まどか》ちゃんが満面の笑みで飛び出してきた。

「……ありがと。今日は早いね、窓花ちゃん」

「はいっ。この間咲先輩に注意されたので頑張って早く来ました！　あのっ、あのっ、お相手って結婚相談所に勤めてる方なんですよね！　どこで知り合ったんですか？」

「あー……友達の紹介、かなぁ？」

「きゃーっ！　いいですねぇ！」

窓花ちゃんは、くりっとした目をぱちぱち瞬かせて、はしゃいだ声をあげた。無邪気な笑顔がまぶしい。本当はそんないいものじゃないよ、と口から出そうになるのを必死にこらえる。

「それでどう、新婚生活は？」

今度は同僚の莉子《りこ》が『ノロケなら全力で受け止めまっせ』オーラを全開にして私へ近付いてきた。朝っぱらから勘弁して、とうんざりしてしまうが仕方ない。世間一般の人々からしたら祝福すべき出来事なのだから。

「どうって……別に普通だけど」

「またまたぁ〜！　今が一番ラブラブな時じゃない？　旦那《だんな》さんと朝一緒に出勤したりしないの？」

「別に。あっちはシフト制だし、それでなくても私の方が朝早いし」

「じゃあ。夜イチャイチャしてるとか？　一緒に布団で寝てるんでしょ？」

「ううん。それぞれ自分の部屋で寝てるよ。生活時間バラバラだしね」

どんなノロケが聞けるかと目を輝かせていた莉子の声がだんだんトーンダウンしていく。期待を裏切って申しわけないと思うけれど、嘘をついても仕方ないし。

「ま、まぁウチらの仕事不規則だし仕方ないか。でも新婚旅行には行くんでしょ？　店長もそれくらいは許してくれると思うけど」

「うーん、そういうのは面倒だし行かないと思う」

気のない私の返事を聞いて、莉子は思いっきり怪訝《けげん》そうな顔になった。

「……ねえ、あんた達本当に新婚なの？　そういえば指輪もしてないよね。いくら入籍だけで済ませたっていっても、あんまりじゃない？」

「……みんながみんなラブラブとは限らないでしょ」

「あんたがスピード婚したって聞いたから、さぞアツアツなんだろうなーって思ったんだけどなぁ」

莉子は不満そうに唇を尖《とが》らせている。うん、分かるその気持ち。私の返答を聞く限り、どう考えても熱愛の末に結婚したようには見えないだろうし。

「アンタ達！　ピーチクパーチク喋《しゃべ》ってないで手ぇ動かしなさい！　開店遅らせたら承知しないわよ！」

ナイスタイミングで店長のお叱りが飛んで来た。百八十センチ超えの長身に加え、ジムで鍛え上げたプロレスラーもかくやといったたくましい体軀《たいく》からひねり出される大音量の金切り声が、今日は神の救いに思える。

「あっ！　私、布巾《ふきん》洗ってくるね！」

私は集めた布巾を両手一杯に抱え、そそくさと裏の洗い場へ向かった。

新婚らしくないのは当然だ。だって私は夫となった相手の人となりを全く存じ上げないからだ。

家族構成も、出身地も、誕生日も血液型も好きな食べ物も何も知らない。知っているのは彼が結婚相談所のアドバイザーという事実だけ。

それより何より問題なのは――。

（私、あの人を好きになれる気がしないんだけど！）

お父さん、お母さん、ごめんなさい。

私は彼とは愛し合ってなどいません。婚姻届という紙切れ一枚で結ばれた仮面夫婦なのです。

けれど、結婚に愛なんて本当に必要なのでしょうか？

第一章　そうだ、結婚しよう。

――話は二週間ほど前までさかのぼる。

（ここが結婚相談所かぁ。思ってたより小さいんだなぁ）

受付の人に勧められるままに椅子に座り、つい立てで仕切られた真っ白なブースをぼんやりと眺めた。つい立てもテーブルも椅子までも白で統一されているのは、もしかしてウエディングドレスでもイメージしているんだろうか。

そうだ、婚活しよう――と思ったのがつい先日のことで。

思い立ったが吉日とばかりに休憩時間にスマホで検索して、店から一番近いこの『シャンセ』という結婚相談所に、メールでカウンセリングを申し込んだ。

職場の人間に見られて婚活しているとバレたら面倒かなと一瞬思ったけど、正直遠い所に通っている時間の余裕はない。

美容師という職業は休日が極端に少ない。うちは少人数で回しているので月七日休めればいい方だし、酷《ひど》い時だと朝九時に出勤して終電前に帰宅なんて事もある。店が終わるのは夜八時くらいだけれど、その後新人である窓花ちゃんのヘアカラーやパーマの練習を見てやったりしなくてはならないからだ。

そういう訳で私は、恥や外聞よりも効率を選んで、この相談所へお試しカウンセリングを依頼したのだった。

（相手に望む条件にチェックを入れてください……って、思いつかないなぁ。その他にしとこうかな。うわ、これまでの恋愛経験を教えてくれって項目まである。これ小学生のときの初恋までさかのぼるのかな）

渡されたカウンセリング用のシートの質問に苦戦しながらなんとか埋めていく。

「お待たせしました」

ようやく全ての項目を書き終えた頃、落ち着いた低い声の男性がブースへ入ってきた。

艶《つや》やかな黒髪を七対三にセットし、黒縁眼鏡をかけて紺のスーツをぴしっと着こなした彼は、なかなかのイケメンだ。暗めのえんじ色のネクタイもよく似合っている。

（うわー結婚相談所ってこんなかっこいい人が勤めてるんだ。すごいなぁ）

うちの美容室のお客さんはどちらかというとラフな格好で、あごひげを生やして髪の毛を茶髪にしてるようなタイプが多いので、こういうきっちりした感じの男性と出会う機会はなかなかない。

「今回西依《にしより》様のアドバイザーを担当させていただく成嶋玲司《なるしまれいじ》と申します。どうぞよろしくお願いいたします」

「よ、よろしくお願いします」

丁寧に名刺を差し出され、私は慌てて立ち上がってから名刺を受け取った。

ふだん名刺のやりとりなんてしないから、こういうとき一瞬まごついてしまう。

「さて、それでは早速カウンセリングに入りましょう。お願いしていたアンケートへの記入はお済みでしょうか？」

お互い着席した後、成嶋さんは語尾まではっきりと通る発音でそう言った。この人、アドバイザーよりアナウンサーに向いてそうな気がする。

なんて思いつつ、さっき頭を悩ませて書き上げたアンケート用紙を机の上に差し出すと、成嶋さんは素早く目を走らせた。

「西依様の御希望は、都内在住で美容師の仕事に理解がある男性ということですが、他に具体的な御希望はございませんか？」

「はぁ……正直特にないです。強いていうなら私を束縛しない人がいいです。なんなら私に興味がないくらいがちょうどいいというか」

成嶋さんは顎《あご》に手を当て、少し難しい顔をした。

「検索してみないと断言はできませんが、西依様の希望されるような条件に当てはまる男性を御紹介するのは難しいかと。御自分を理解し支えてくれる献身的な女性を望まれる方がほとんどなので」

めた。

「一応検索はしてみましょう」

成嶋さんは持って来たノートパソコンを開き、滑らかなキータッチで何やら打ち込み始めた。

「結果が出ました。やはり当てはまる方はいらっしゃらないようです」

成嶋さんが『御希望の検索条件に一致するデータはありません』と表示された画面を私に向けてみせた。予想通りの結果だ。

「やっぱり、そうですよねー……なんとなく分かってはいたんですけど」

私のやる気のない返答に、成嶋さんの顔がどんどん険しくなっていく。もしかしたら冷やかしと思われてるのかもしれない。

「そもそも西依様は本気で結婚したいと思っていらっしゃるのですか？　あなたの服装や態度からしてとてもそうは思えないのですが」

指摘されてしげしげと自分の胸元を眺める。態度はともかくなんで服装が関係あるんだろう。相談所にジーパンとTシャツで来ちゃいけないなんて決まりはなかったはずなんだけど。それともTシャツの柄が梅図《うめず》かずおの『おろち』なのが悪目立ちしすぎなのだろうか？　髪型は普通のボブカットだし問題ないと思うんだけど。

「この格好、ダメですか？」

「異性の目をもう少し意識した方がよいかと。髪の毛の色も明るすぎますし、メイクも若干濃すぎます。結婚相談所に来るような男性はナチュラルメイクで清楚《せいそ》な服装の女性を好みますので」

成嶋さんは淡々と、けれどきっぱりとした口調で言い放った。

まさかメイクにまでダメ出しされるとは。髪の毛の色は、確かに脱色とヘアカラーを繰り返したせいですっかり色が抜けてしまい、茶色に染めたつもりがオレンジ色みたいになってるけど。

それはまぁいいとして。

メイクが濃すぎるなんて店長にも言われたことないのに。結婚というのは私が思っていたよりも外見が重視されるようだ。

それもまぁいいとして。

（もうちょっとオブラートに包んでものを言えないのかな、この人は）

結婚相談所のアドバイザーというのはこういう歯に衣着《きぬき》せない物言いが売りなのだろうか？

彼の意見は正論だとは思うけれど、客を不愉快にさせるのはいかがなものか。さすがに一言もの申したくなってきた。

「えーと、でもそれって一般論ですよね？　年収そこそこで穏やかで、家事や子育てを分担してくれて、休日は家族をバーベキューに連れて行ってくれるような男性と結婚したいって人なら、相手好みの格好をした方がいいと思いますけど。私はとにかく書類上だけでいいから結婚してほしいんです」

「なぜそのような条件で探されているのですか？　まさか結婚詐欺――」

「ち、違います！」

私は慌てて叫び、椅子から立ち上がった。詐欺疑惑なんてかけられたらたまったものではない。

「それでは何か正当な理由がおありなのですか？」

あまり本当の理由は言いたくなかったけれど、詐欺師と間違われて通報されるよりマシだ。私は再び椅子に座り、うつむいて答えた。

「……実家の両親に、お見合いをさせられそうになって……。断ろうとしたんですが、聞いてくれなくて。しまいには、近いうちに相手を連れて上京するっていわれて」

「よいお話だと思うのですが、それのどこがいけないのでしょうか？」

素朴な疑問をぶつけられてしどろもどろになる。そう、一般的にはよい話なのだろう。なにせこのご時世、出会いがなくて結婚できないと嘆いている人が大半なのだから。

「でも、両親の希望は、私が結婚して今の職場を辞めて実家の近くで暮らすことなんです。私、仕事は絶対に辞めたくないんです。やっと技術者になれてお客さんもついてきたところだし……。だからどうせ結婚するなら自分で見つけて両親を納得させようと思って。仕事が忙しくて婚活パーティーや合コンなんか出てる暇ないし、結婚相談所なら手っ取り早く条件に合った相手を探してもらえると思ったんです」

「ご実家はどちらなのですか？」

「……福岡です」

そう答えると成嶋さんは納得したように目を瞬かせた。

「成程」

「これで、私の事情は分かっていただけたでしょうか？」

「ええ。おおよそ理解しました。その上で私からご提案なのですが」

成嶋さんは身を乗り出し、ぐっと私に顔を近づけて囁《ささや》いた。

「私と結婚する――というのはいかがでしょうか？」

「…………は？」

思わずぽかんとしてしまった。

この人は何を言っているんだろうか。私にぴったりの結婚相手を見つけて欲しくてここに来ているのに、なぜアドバイザーに求婚されているんだろう？

「あの、もしかしてからかってますか？」

「いえ、私はいたって真剣です。実は私もあなたのような相手を探しておりまして」

「はぁ……？　なんでまた」

成嶋さんは更に声を潜め、聞こえるか聞こえないかというくらいのボリュームで囁いた。

「実は私も直属の上司に結婚するようにと勧められておりまして。結婚アドバイザーが未婚ではお客様の信頼を得にくいからと」

「そういうものなんですか」

「どうやらそうらしいです。それとは別に理由がありまして。女性のお客様を担当する場合、私に好意を抱いてしまう例が往々にしてありまして。当然お断りせざるを得ませんが、その結果クレームに繋《つな》がってしまうというわけです」

「ああー……」

間近に迫った成嶋さんの顔をしげしげと見つめる。大きすぎず小さすぎない程よいバランスのアーモンド型の瞳《ひとみ》。それを縁取るまつ毛は豊かで長く、まつ毛エクステの必要がないなんて羨《うらや》ましいなと的外れな羨望《せんぼう》を抱いてしまう。そしてすっとまっすぐに通った高めの鼻梁《びりょう》。眉間《みけん》に寄った皺《しわ》が形作る影さえ物憂げな色気に満ちている。

確かにこれくらい容姿がいいと、一目惚《ぼ》れする女性も少なくないだろう。イケメンも大変だ。

「でも成嶋さんみたいにしっかりしている方は、素敵な人がすぐに見つかるんじゃないですか？　そんなに焦らなくてもいいと思いますけど」

「いえ、私は素敵な相手など要りません。結婚などただの契約に過ぎないと思っていますから。しかし世間一般的には結婚とは愛し合ってするものだというのが通説になっております。婚姻届に妻として名前を連ねてくれれば容姿も人格も問わない――なんて条件を快く受け入れてくれる女性はそうそういないでしょう」

「夢も希望もない発言ですね……」

「ええ。ですがあなたも同じなのでしょう？」

「まぁ、今のところはそうですね。私、あんまり結婚に対してピンと来てなくて。もう二十八歳ですし年齢的には焦った方がいいんでしょうけど」

「ではお互いの条件がマッチしたということで、次の手続きに進みましょうか」

成嶋さんは携帯を取り出し、なにかを打ち込みはじめた。あまりにも動作がスマートすぎて見過ごしそうになってから、はっと我にかえる。

「え、次の手続きってなんですか？」

「それは勿論《もちろん》、婚姻届の作成です。西依様はどちらにお住まいですか？」

「高円寺《こうえんじ》ですけど」

「私は阿佐谷《あさがや》です。ご近所ですね。同じ区内であれば入籍後の手続きの手間も省けます。まずは入籍のために必要な書類を、区役所のサイトで今調べますので――」

「ちょ、ちょっと待って下さい！　まだ私、あなたと結婚するって決めてないんですけど！」

そう叫ぶと、成嶋さんはきょとんとした顔で私を見た。

「なぜです？　今すぐ結婚したいというご希望だったので、私の方も速やかに入籍手続きを行おうと思ったのですが」

「だって私、あなたのこと何も知らないし。いくらなんでも早すぎませんか？」

成嶋さんは顎に手をやりふーむと唸《うな》った。

「あなたの発言は矛盾しているように感じますが。御両親を納得させるために書類上の夫が調達できれば構わない、と先ほど仰っていたような」

「さすがに調達なんて言ってませんよ⁉」

「失礼、言葉が過ぎました」

成嶋さんは軽くせき払いし、眼鏡のつるをくいっと持ち上げた。もしかしなくても今の発言は彼の本音なのではないだろうか。

（この人の結婚観ってネット通販でペットボトルのジュースを箱買いするみたいな感覚なんじゃ……。それによくよく考えたら『素敵な結婚相手は求めてない』って。つまり私は素敵じゃないって受け止め方もできるような）

人のことを言えた義理ではないけれど、さすがにそれは失礼すぎるのではないだろうか。

「とにかく、少し時間が欲しいです。書類上とはいえ、あなたがどんな人か分からないのはさすがに不安ですし」

「では自己紹介いたしましょう。先ほど名乗りましたが、私は成嶋玲司と申します。年齢は二十九歳です。弊社『シャンセ』に勤務して三年ほどになります。前職は文具メーカーの営業をしておりました。年収は四百五十万から五百万程度、これは月給二十五万にインセンティブを加算した金額となっております。最終学歴は慶和《けいわ》大学経済学部、身長百七十八センチ、体重は六十三キロ。健康状態は良好です」

　玲司さんはまさに立て板に水のように自分のプロフィールを言ってのけた。よくこんなに滑らかに自分のデータを述べられるものだと感心してしまう。私なんて自分の身長すらうろ覚えなのに。

「はぁ……ご丁寧にどうも……じゃなくて！　そういうのじゃなくて、人となりの話をしてるんです！　性格や価値観の不一致で離婚になったら意味がないじゃないですか」

「その点に関しては御安心下さい。実はバツイチの女性の方が、『一度結婚できるほどの器を備えている』という実績があるので、独身女性よりも安心だと仰《おっしゃ》る男性会員様も少なくありませんから」

　なんだろう、頭痛がしてきた。言ってることは間違っていないんだけど、この人微妙にピントがずれている気がする。

「私の人柄などが分からなくて不安だと仰るなら、当社のテンプレートを使用した経歴書を作成してお渡ししますが」

「いや……そういう問題じゃないんですけど……」

でも、冷静に考えたら私にはあまり時間がない。両親が言う『近いうち』というのがいつなのかは分からないけれど、思い立ったら吉日とばかりに即行動する可能性は高い。何せ私の両親なのだから。

そしてそれがどんなに理想的な結婚相手でも、私は今の職場を辞めたくはない。完全に納得は出来ないが『書類上だけ』でよい相手なんて確かにそうそういないだろうし、この人と籍を入れておいた方が後々のためにはいいかもしれない。

「どうなさいますか？　別の切り口からお相手を探すのであれば、御提案させていただきますが」

「……いいえ、結構です。私、あなたと入籍します」

「よろしいのですか？」

「はい。現状それがベストだと思うので。しつこいようですが本当に籍を入れるだけでいいんですよね？」

「ええ、もちろんです」

「だったら、お願いします」

成嶋さんは私の本心を探るようにじっと凝視した後、テーブルの中央付近に置いていた入会用の書類を脇へと押しやった。

「承知いたしました。それでは入籍の日取りの打ち合わせに入りましょう」

そんなこんなで、晴れて（?）私、西依咲《さき》は、成嶋玲司さんと結婚する運びとなったのである。

……本当にこれでいいのか、私の人生。

＊＊＊

そしてG《ゴールデン》W《ウイーク》明けの五月某日の夜。

仕事が終わったあとに阿佐ヶ谷駅で待ち合わせ、揃って杉並《すぎなみ》区役所の夜間窓口へ記入済みの婚姻届と取り寄せた戸籍謄本を提出した。証人欄は両親でなくともよいそうなので、玲司さんは職場の上司、私は莉子《りこ》に頼んで事なきを得た。

そして翌日書類は無事に受理され、晴れて私たちは夫婦となった。

「では、これより第一回ミーティングを行います」

入籍から一週間後の夜。引っ越し屋のロゴが入った段ボールに囲まれたリビングで、私たちは小さなダイニングテーブルを挟んで座っていた。

（ミーティングって、仕事みたい）

成嶋さんが丁寧を通り越してビジネス口調なのは今に始まったことではないけれど。テーブルにノートとシャーペンが綺麗《きれい》に並べられているあたり本当に会議みたいだ。

これでスーツを着ていたら完璧《かんぺき》だったけれど、さすがに休日なのでチノパンにシャツといった若干ラフな格好だった。髪の毛はいつも通りきっちり七対三に撫《な》でつけてあるけど。

——入籍はしたものの、私たちは二週間前に知り合った赤の他人だし、書類上夫婦であれば問題ないのだから別居婚でもいいのでは、と思っていたのだけれど。

成嶋さんのたっての希望で、阿佐谷にある彼の１ＬＤＫのマンションへ引っ越す運びとなった。

なんでも上司に結婚の報告をしたところ、『結婚生活のメリットを自分自身で体感したレポートを提出しろ』と命じられたらしい。

自分の私生活まで報告しなくてはならないとは、結婚カウンセラーというのはなかなか過酷な職業のようだ。

それに、この申し出は私の方にもメリットがあった。

今住んでいる高円寺のアパートは気に入ってはいるけれど、防犯面が心配で、少し無理して駅近オートロック物件を選んでしまったため、六万五千円と安月給の身にはなかなか厳しい賃料だった。

今の店に来る前に高円寺の美容室に勤めていたのでそのままここに住んでいたのだが、通勤が面倒だし家賃も高い。しかも今年は更新まである。

なんとか引っ越し費用を捻出《ねんしゅつ》してもっと店に近くて家賃が安そうな三鷹《みたか》あたりに引っ越そうか、でも引っ越しなんてしたら更新よりお金がかかるしどうしよう、物件を探しに行くのも面倒だし……と思案していたところだったのだ。

聞いたところ成嶋さんのマンションは、築年数は十年未満で阿佐ヶ谷駅から徒歩七〜八分程度、オートロック、バストイレ別でしかも洗面所は独立タイプ、ウォシュレットありとなかなかよい物件だった。

プライベートがなくなるのでは、という懸念は、成嶋さんが寝室代わりに使っている部屋を仕切るという案で一応解決を見た。家賃が十一万円超えというのには驚いたが、二人で折半したら家賃も今より少し安くなるし、礼金敷金は払わなくてよいと成嶋さんが言ってくれたので、これは丁度いい機会だろうと引っ越しを決めたのだった。

我ながら後先考えずに目先の利益に飛びつく性格はどうかと思うが、もし嫌になっても別居婚という選択肢があるし、別に失敗したからって死ぬわけでも全財産を失うわけでもないし、問題ないだろう。

うちの店に来る常連さんでも、『お金がないから男女五人で一軒家借りてルームシェアしてるのよ』って人いたし。そう、これは小規模なルームシェアなのだ。

「まずは同居に当たってのルールを設定しましょう。私たちはほぼ面識がない同士なので、なあなあにしてはトラブルが発生する可能性がありますから」

「ええと、成嶋さん」

「あなたも成嶋姓になったのですから、玲司とお呼びください。私も咲さんと呼びますから」

「では玲司さん。どうして一人暮らしなのに、こんな広い部屋に住んでいるんですか」

そう、この部屋はやけに広かった。八〜九畳ほどの対面式キッチンつきリビングに、寝室に使っているという七畳ほどのフローリング。家賃も、聞いていた年収に対してやや高めだ。

「私は通勤と買い物以外ではほとんど出歩かないので、住居にはお金をかけようと思いまして。私にとって人生の大半を過ごす場所ですから」

（引きこもりか！）

自分も休みの日は莉子からの誘いがなければほとんど寝て過ごしているから、人のことを言えた義理ではないけれど。

「ご安心下さい。私は自炊派なので、同年代の男性に比べて食費の割合は低めですし、特に趣味もないので毎月貯金は出来ています。加えて投資信託でいくばくかの財産はありますので」

「いえ、そういう話はいいです……それに私は貯金ゼロなので、そういう話をされると正直胸が痛いです……」

しかし無趣味で休日は引きこもりって。一体何が楽しくて生きているんだろうか、この人は。

「あの、玲司さんって休みの日は何してるんですか……？」

思わず聞いてしまった。失礼だっただろうかと思ったけれど、これから一緒に暮らすのだからこれくらいはいいだろう。

「そうですね……食料と日用品の買い物、掃除洗濯と常備菜の作り置き、でしょうか。それと買い物がてら健康のために一時間ほど近所を散策しています。あとは株価をチェックしたり、家計簿をつけたりしていますね。それと仕事に関する本を読んだりしています」

「はぁ……」

本屋で立ち読みしたOL向けのライフスタイル雑誌にこういう人が紹介されていた気がする。その時は『意識高すぎ！　こんな几帳面《きちょうめん》な生活絶対無理！』と思って雑誌をそっと閉じたんだけど、まさか目の前にそれを難なく実践している人間がいるとは。

さっき玲司さんは無趣味と言っていたけれど、私みたいな人間からしたら株とか料理って好きでないと出来ない気がする。だとしたらそれらは彼にとっての趣味と言えるのではないだろうか。

何にせよ『明日は明日の風が吹く』が座右の銘の私とは真逆のタイプだ。

人生でこういう人種との接触はほぼなかったので、興味深くはあるけれど、うまくやっていけるかどうかは別の話だろう。

「私の生活スタイルに興味がおありのようですが、今は二人の生活ルールを決める話し合いですので、出来れば脱線はほどほどにしていただければと」

まるで会議で雑談をたしなめられたかのような気分だ。会議なんか出たことないけど。でも確かに、そろそろ議題に入るべきだろう。

「すみませんでした。じゃあルールについての質問、いいですか？」

「どうぞ」

「私、男の人と暮らすの初めてなんですが、家事はやっぱり女がするものなんですか？」

「異性でなければ同居経験がおありなんですか？」

「そうですね。学生時代、寮で二人部屋を経験しております」

成嶋さん――じゃなかった玲司さんの超丁寧口調につられて、こっちまで敬語になってしまう。お堅い会社の就職の面接ってもしかしてこういう感じなんだろうか。

「その時は、どんな条件で暮らしていらっしゃったんですか？」

「うーん、ご飯は食堂で食べてましたし……掃除とか洗濯は各自でやってましたね」

「なるほど。自分のことは自分で、というのはよいと思います。採用しましょう。ちなみに生活時間の件ですが、私は朝十時・十一時・十二時出勤の三交代制です。帰宅もそれに伴いまちまちになります。休日は火曜日と、他に週一日任意で休日が取得出来ます」

「私は朝九時から夜八時までですね。残業で夜遅くなることもありますが、終電前には帰って来ますので。休みは第二・第四火曜日と、他に週一日好きな日に休めます」

「残業時間が随分長いのですね」

「後輩の練習の面倒を見なくてはならないので」

「成程、技術職ならではの残業ですね」

　玲司さんは無表情でうなずいた。感心してる……と思っていいのだろうか、これは。まぁともかく話を続けよう。

「あと、お金の話はしておいた方がいいですよね。家賃は折半するとお話ししていましたが、細かいお金も決めておいた方がいいでしょうし。食費は各自としても、光熱費や日用品は共用なのでそちらも折半しましょう」

「私からお願いして一緒に暮らしていただいたので、それくらいは負担しますが」

「いいえ。既に敷金礼金を免除してもらっていますし。それに私の負担が軽いのに慣れると何かあった時自立出来なくなりそうなので」

　議事録よろしく広げたノートにメモを取っていた玲司さんの手が、ぴたりと止まった。

「何か、というのは具体的には離婚や別居の可能性を指しているのですか？」

「まぁ、そうですね」

「リスクヘッジですね、いいでしょう。私もその方が助かりますから。それと、私からも提案があるのですが、聞いていただけますか?」

「はい、どうぞ」

「これが一番重要なのですが——お互いのプライベートには一切踏み込まない、というルールを設定したいのです」

その発想はなかった、というか私たちのような関係でお互いのプライベートが気になるような事態は起こるのだろうか?

「あのう、玲司さん。その点に関しては大丈夫だと思うんですけど。私、今の時点であなたにさっぱり興味が湧かないので」

「奇遇ですね、私もあなたに興味が湧きません。あなたは異性としての色気にかなり欠けていますし」

最後の一言は絶対余計だと思う。うちの店に来る毒舌なお客さんでもここまでは言わない。悪意がない分毒舌よりたちが悪い。

私も好きでもない男性と二人暮らしなんて抵抗があったけど、『この人相手なら間違いが起こらなそう』という点に安心して同居を決めたのでお互い様ではある。にしてもあんまりな言いぐさじゃなかろうか。

結婚カウンセラーと接したのは玲司さんが初めてだけど、この人の同僚もこんな感じで全員一言多いのだろうか。いや、さすがにこんな人はそうそういないと思いたい。

「だったらわざわざ、そんなルール作らなくてもいいんじゃないですか？」

「いえ、一緒に暮らしていたら嫌でも相手の行動が目に入りますから。そうしたら自然と何をしているか気になりませんか？」

「うーん、そういえばそう……かも？」

寮生活時代をぼんやり思いだしてみる。寮側からランダムで決められた相手だったので初めは無関心だったけど、一緒に寝起きしていたら毎日の行動パターンが分かってきて、いつもと服装が違うと『デートかな？』なんて推測してた気がする。もう十年くらい前の話だから、本当にうろ覚えだけど。

「これは言わば契約結婚です。余計な情を挟むとお互いのためにならない。ですから初めに明文化しておきたいのです」

「そうですねえ。ルールとしてあってもなくてもいいような項目ですけど、玲司さんが入れたいならどうぞ」

「では、こちらも採用ということで」

玲司さんは先ほど決めたルールを、ノートにさらさらと書き付けている。その様子をじっと見ていると、視線に気づいたのか玲司さんがふと顔を上げた。

「どうしましたか?」

「いえ、綺麗な字だなぁと思って。玲司さんって結構几帳面っぽいですよね」

「お互いのプライベートには、踏み込まない約束でしたよね？」

玲司さんの口調がにわかに警戒を帯びてくる。どうやらこれもプライベートに入るらしい。だとしたらかなり厳しい縛りになりそうだ。

「……すみません。気をつけます」

「では、ミーティングはこれで終わりにしましょう。あとは各自、自由時間とします」

玲司さんはテーブルから立ち上がり、ノートを小脇に抱えて寝室へと向かった。

「……はぁ、終わったぁ……」

玲司さんがいなくなった途端、どっと疲労感が押し寄せてきた。どうやらかなり緊張状態だったようだ。

それにしてもつくづく素が見えない人だ。『お互いのプライベートには踏み込まない』なんてルールをわざわざ作るくらいだし、向こうは向こうで私を警戒しているのかもしれない。

(荷ほどきは明日からちょっとずつやるとして、とりあえず今日はお風呂《ふろ》に入って着替えて寝ちゃおうっと)

リビングの床に置いていたボストンバッグをごそごそと漁《あさ》る。すぐに段ボールの山を崩せるとはとても思えないので、当面の着替えや生活用具を入れておいたのだ。

（こんな立派な寝間着で寝るの、いつぶりだろ）

バッグから取り出した、まだ袋すら開けていない新品のルームウェアセットをしげしげと眺める。

つい昨日までは、ここ五年ほど愛用していて毛玉だらけになったカットソー素材のワンピースを着ていたんだけれど、さすがに他人と暮らすのにその格好はまずいのでは、と気づいて慌てて仕事帰りにドン・キホーテに寄って、なるべく地味めのセットを選んで買って来たのだった。

本当はユニクロに行こうと思ってたけど、閉店間際に飛び込みで来たお客さんの施術をしていたので営業時間に間に合わなかった。ジェラートピケとかせめてピーチ・ジョンで買おうと思わないところが、玲司さんに色気がないといわれるゆえんだろうか。

「なるし……じゃなかった。玲司さーん、お風呂借りますねー」

引き戸になっている戸を少しだけ開けて声をかける。気を抜くとついつい『成嶋さん』と呼びそうになってしまう。危ない。

戸の向こうからわずかに見える玲司さんは、読んでいた本から顔を上げてちらりとこちらを見た。

「ええ、どうぞ。ここはあなたの部屋でもあるのですから、『借りる』という報告は不要ですよ」

「じゃあ、お風呂お先にー」

と言い直してからふと気づく。玲司さんがいちいちそういう注意をするのって、もしかして『遠慮するな』って意味なんだろうか。さっきも下の名前で呼べって向こうから言われたし。

（いやぁ。でもそんな気遣い出来るなら、色気がないとかメイクが濃いとか言わないよね、ただ細かいだけかな）

などと思い直して、私は着替えと洗面用具を持って脱衣所へと向かった。

さすが1LDKのマンション、脱衣所も広くて快適だ。それに掃除が行き届いていてぴかぴかだし、置かれているワゴンの中はリネン類やひげそり、男性化粧品などがきちんと分類されて並べられている。そういえばリビングも割と片付いていた。

家具は多分量販店や通販で買ったものだろうけれど、何しろ余計なものがあまりない上に整理整頓《せいとん》が行き届いているので、まるでモデルルームみたいに整っている。

（私の部屋と大違いだなぁ。あの人神経質そうだもんね。汚して怒られないように気をつけないと）

そしていつものように、メイク落としをコットンにつけようとしたところではたと気がついた。

（メイクを落としたら、玲司さんにすっぴん見られちゃうんじゃないの⁉）

自慢じゃないが私の顔は、ほぼメイクで形作られているといっても過言ではない。美容師という職業柄、メイクについては研究に研究を重ねてきた。その甲斐《かい》あってかなり『盛れる』ようになった。

が、私の素顔はとても――薄い。薄いからこそ、大胆なメイクができるのだ。眉毛《まゆげ》はほとんどなくなって麻呂眉になるし、目は今の半分くらいしか開いていない。まつ毛だって申し訳程度にうっすら生えているレベルだ。もしすっぴんで外を歩いている時に顔見知りの人間と出会っても、気づかれない自信がある。

同性の友達にすら見せたくない素顔を、ついこの間出会ったばかりの男性に晒《さら》すなんてできるわけがない。それなら裸を見せた方がまだマシだ。

そういえば学生時代に付き合っていた彼氏の部屋に泊まった時もメイクだけは落とさなかった。うん、そうだ。この顔は守り抜かなければ。

私は即座にメイク落としのボトルの蓋《ふた》を閉め、洗面所の棚へ置いた。

「お風呂上がりました」

寝室の戸を開けて中へ入ると、布団の上に座って本を読んでいた玲司さんがこちらを見た。

ちなみに寝室の中央には、玲司さんが企業向けの家具通販サイトで見つけたという、白いパーティションが二枚ほど連なって天井までそびえ立っているが、入り口近くにクローゼットがある関係できっちり端から端まで設置はできなかったそうだ。なので戸の前に立つとお互い丸見えになる。

「分かりました。……あの」

「何ですか?」

「メイク……ああいえ、なんでもありません」

玲司さんは視線をあらぬ方向へ向け、ごまかすように早口でごにょごにょ呟《つぶや》いた。ポーカーフェイスに見えて案外分かりやすい反応をするな、この人。

「例のルールの件を気にしているんですか? 私は、ヘンに見て見ぬ振りをするより、聞いてもらった方が気が楽ですけど。いちいちこだわってたら会話もできなくなりそうですし」

「確かにそうですね。あの件に関しては再考の必要がありそうです。それで咲さん」

玲司さんは私の顔に視線を戻し、おもむろに口を開いた。

「メイクは落とさずに寝るのですか?」

「そうしようと思っていますが」

「私は女性の化粧については詳しくありませんが、化粧品は肌に負担を掛けると聞いたことがあります。落とした方がよいのでは」

「ええ。そのまま寝たらドロドロですね。でも、朝落とすので平気です。またメイクし直しますけど」

「ドロドロになるのであれば、今落とした方がよいと思いますが」

ああ、この人はびっくりするくらい女心を理解していない。ついでにいうとプライベートにガンガン踏み込みまくっているけれど、これについては私が許したので突っ込めない。

「……メイクを落としたら、あなたに素顔を見られるじゃないですか」

「それに何か不都合が？」

「カウンセリングの時にあなたに指摘されましたが、私のメイクは濃いです。整形レベルです。落とすと全くの別人みたいになります」

「それはすごい。というかメイクが濃いのを気にしていたんですね」

「あなたに言われたからですよ！　なので、あまり素顔を見られたくないんです」

「成程。ですがこれから毎日顔を突き合わせるのですから、そこは乗り越えた方がよいかと思いますが。一日だけならともかく毎日化粧を落とさずに寝たら、肌が荒れるのではないですか？」

うっ、と変なうめき声が出てしまった。確かにそれは困る。

美を提供する側に立つ人間が、ガサガサに荒れた肌でお客様に接するなんて失礼にも程があるだろうし。

「元々私はあなたに興味がないのですから、あなたがどんな顔でも私は気にしません。そもそも人間なんて、皮一枚剝《は》いだらただの骨と筋肉で構成された物体に過ぎませんから」

なんだその達観した台詞《せりふ》は。でもイケメンがいうと妙に説得力がある。

「……分かりました。じゃあ、落としてきます。でもあまり見ないでいただけるとありがたいです」

「ええ、善処します」

私は背中を丸めて洗面所に向かった。なんだか負けた気分なのはなぜだろうか。

メイクを落として顔を洗うと、さっぱりとした気分になった。ようやく窮屈な鎧《よろい》を脱いで、一息つけた気がする。

(もしかして玲司さん、私にもっと自分をさらけ出せって言いたかったのかな?)

いや、あの鈍感かつ無遠慮な彼がそんな繊細な神経を持っているはずがない。どうも私は彼を『本当は気遣いができる優しい人』と思いたがっている節がある。もしや防衛本能ってやつだろうか?

成り行きとはいえ結婚した相手を、心ない人間とは思いたくないし。たとえるならDVやモラハラする男を『本当は優しい人なの！』ってかばいたがるみたいな。さすがに言い過ぎだろうか。

（でも、生活費のこととか気遣ってくれたし、悪い人じゃないのかも、うん）

とりあえず寝ようと引き戸を開けると、顔を上げた玲司さんとまたもや目が合ってしまった。

「…………」

「…………」

（なに、この変な沈黙は）

妙に重苦しい空気だけど、この状態で何を話せばいいのか分からず私も黙りこくるしかない。

玲司さんはやけに長い間私の顔を凝視したあと、さりげなく視線を持っていた本へ落とした。

「……もう寝るんですか？」

「はい。明日も早いので」

「……そうですか。おやすみなさい」

なにか言われるのではと身構えていたのに挨拶《あいさつ》だけとは。思いっきり肩すかしを食らった気分だ。

（結局今のはなんだったの⁉）

意味があるようでないようで、それでいて深い何かが隠されているような。いや多分彼は何も考えていないんだと思うけど。反応に困るなら見るなっつうの。

爆笑されたりドン引きされた方が、まだ分かりやすいし笑い話にできるのに。

（あー、ほんっと何考えてるか分かんない！）

一日の終わりにモヤモヤを抱えて寝る羽目になってしまったけれど、まだ同居初日だ。しかも私は男性と暮らすのが初めてなのだし、相手に振り回されるのは仕方がない。寮生活の時のように、そのうち慣れると信じるしかない。

ともかくもう寝ようと、あらかじめ敷いておいた布団に潜り込んで気がついた。

（あ。これってもしかして、初夜というやつでは）

初夜って新婚旅行の時使う言葉だっけ？　結婚して初めて迎える夜って意味で合ってたっけ？　まぁどっちでもいいのか。

ともかく、こんなに何の感慨も湧かない初夜を迎える夫婦は、この日本中を探してもそうそう見つからないのではないだろうか。世界中探したら分からないけど。

私が布団に潜り込んだのを察したかのように玲司さんが立ち上がり、パチンと電灯のスイッチをオフにした。

「まだ起きてるならつけっぱなしでもいいですよ」

「構いません。私もそろそろ寝るところですから」

パーティションの向こうでは、電気スタンドの明かりの下でパラパラとページをめくる音が聞こえてくる。まだ本を読んでいるのだろうか。驚く程に静かだ。

（……人の気持ちには鈍感だけど、気配には敏感なんだな）

どうやら、こういうさりげない気遣いには長《た》けているようだ。さすが接客業といったところか。

この調子なら、お互い余計な詮索《せんさく》をしなければなんとかやっていけるかもしれない。あの毒舌なんだか何なんだか分からない、人の心を絶妙にえぐる発言はなんとかして欲しいけど。

「ああ、それから咲さん」

目を閉じて眠ろうとしたところで、玲司さんがパーティションからぬっと顔を出して話しかけて来た。

「はい⁉　なんでしょうか」

「目が腫《は》れているようなので、冷蔵庫に入っている保冷剤を使ってもいいですよ。少しはましになると思いますから」

「…………これは生まれつきです」

「ああ、そうですか。それは失礼。では」

玲司さんはいつもの抑揚のない口調で詫《わ》びると、すーっとパーティションの向こうへ消えていった。

よかれと思って言ってくれてるんだろうけど、悪意がないからいいってもんじゃないと思う。寝る前にそんな会心の一撃食らわせなくてもいいじゃない。こんなのあんまりだ。せっかく少しは夫となる人の長所を見いだそうとしていたところなのに。しかもさっきの『失礼』って台詞、心がこもってないし。あんまり悪いと思ってないでしょ、あんた。

(高円寺のアパートに帰りたい……)

明日不動産屋さんに頼んで解約取り消しさせて貰《もら》えないかな、なんて本気で考えてしまった。

まだ初日なのにこんな調子でやっていけるのだろうか。不安しかないがもう入籍してしまったものは仕方ない。

(あーもういいや。疲れたし今日はもうとりあえず寝よう)

私は頭から布団を被《かぶ》り、丸まって眠りに就いたのだった。

第二章　初めての共同作業⁉

ピピピピッ、ピピピピッ。

布団に突っ伏したまま、鳴り響く携帯をガッと握りしめてスヌーズを解除する。

時刻は七時ちょうど。もう一眠りしたいところだが、そろそろ起きないとメイクをする時間がなくなってしまう。私はあくびをかみ殺しながら両手を布団につき、頭からじんわりと身を起こした。

「あー……まーた来てるよ」

寝ぼけまなこで枕元の携帯を確認すると、着信履歴には父親からの鬼のような着信、そしてメールボックスには母親からの『一度あんたと話したいってお父さんが言ってるので連絡下さい』というフォローのメールが入っていた。

実は五月中旬に私が出したはがきが届いたであろう日からずっと、連日のように両親から怒濤《どとう》の電話&メール攻撃を受けているのだ。

もう六月に入ったので今日でかれこれ二週間くらいだろうか。反応したら負けなので無視している。

（いい加減諦《あきら》めてくれないかなぁ）

もう私も子供じゃないんだし、もうちょっと信じて見守ってくれてもいいのに。

まぁ、今は頭に血が上って何か一言もの申さないと気が済まないだけだろうし、放っておけばそのうち落ち着くだろう。多分。

寝室を出てリビングへ足を踏み入れると、ふわりとコーヒーの香りが漂ってきた。

まだ段ボールが積み上げてある一角に置かれた小さめのダイニングテーブルには、コーヒーが注がれた真っ白なコーヒーカップがちょこんと置かれている。

そしてその横には綺麗《きれい》に形作られた半熟の目玉焼きと、レタスにルッコラ、ベビーリーフを散らしてプチトマトをあしらったサラダ、そしてこんがりと焼き上げられたトーストが並べられている。さながらホテルの朝食のようだ。

そしてその非の打ち所がない朝食が並べられたテーブルには、やはりパーフェクトに身だしなみを整えた玲司《れいじ》さんの姿があった。

アイロンがぴっちりかかったワイシャツに、深いえんじ色のネクタイをきっちりと締めている。文句のつけようがないくらい完璧《かんぺき》な姿だ。背景の一部と化している、心理学だの哲学書だのが並べられている背の高い本棚まで含めて実に写真映えする。

このまま『できる男の朝食スタイル』などという見出しで男性向けのビジネス誌あたりに載せても違和感ないだろう。

あまりにも意識が高すぎる光景に呆気《あっけ》にとられて突っ立っていると、私の気配に気づいた玲司さんがこちらを見た。

「おはようございます」

「……おはようございます。朝から優雅ですね」

「優雅という程手の込んだものではありませんよ。どれもすぐにできますし」

ことなげに言うけれど、私ならこんな面倒くさそうな朝食はとても作れない。さすがOL向けのライフスタイル雑誌に出てくるお手本キャリアウーマンみたいな生活をしているだけある。

「朝はしっかり食事を取らないと頭が働きませんから。咲《さき》さんは何も召し上がらないのですか？」

「ええ。私、朝弱いので。栄養ゼリーをするくらいで十分です」

冷蔵庫から買い置きしておいた栄養ゼリーのパックを取り出し、キャップを取ってのろのろとする。昼前には空腹を抱える羽目になるんだけど、朝は何も食べる気が起きないのだから仕方ない。それに、丁寧に朝食を作って食べる時間があったら一分一秒でも長く寝ていたいし。

「玲司さん、洗面所今から使います。メイクするので時間かかりますけど大丈夫ですか？」

「私はもう支度を済ませていますので、大丈夫ですよ」

持っているｉＰａｄに視線をやったまま玲司さんが答える。できる男はｉＰａｄでニュースの記事でも読んでいるんだろうか。二面採光の窓から差し込む光に横顔が縁取られて、なんだか神々しさすら感じられる。ともかくそんな姿まで絵になるのはちょっとずるい。

「分かりました。じゃあ、ちょっとこもってきます」

飲み終わったゼリーのパックをキッチンに置き、私は洗面所へ向かった。


「はぁ……終わった……」

――約一時間後。ようやくヘアセットとメイクを終わらせ、安堵《あんど》のため息をつく。

鏡の中の自分を改めて確かめる。ぱっちりと開いた瞳《ひとみ》に美しいアーチを描いた眉《まゆ》がなかなかいい感じだ。

今日は唇に、ベージュの口紅に鮮やかな赤のティントリップを乗せたのが密《ひそ》かな隠し味となっている。まつ毛はつけまつ毛でごまかしているけれど、そろそろまつ毛エクステにも行きたい。

別にそんなに頑張らなくてもいいのではと思いつつ、始めるとついつい丹念にあれやこれやと塗り重ねてしまうのだ。

髪の毛は、ヘアミストで濡《ぬ》らして前髪の方向を決め、ドライヤー片手にセットする。

その後ワックスを馴染《なじ》ませて毛先を遊ばせ、サイドを小さな星をかたどったビーズがついたピンで止める。あんまり収集癖はないけれど、ヘアアクセだけはやたらと持っているのだ。『長い方がアレンジが出来ていいし、楽だよ』と莉子はいうけれど、肩につくかつかないかくらいの長さが私には合っている。

ともかく満足いく顔と髪型を作れてほっとする。ファッションにはそこまで興味が持てないんだけど、メイクとヘアスタイリングだけは昔から好きなのだ。自分の見た目が化粧品やアレンジひとつで変えられるのってすごく面白いと思う。

メイクとヘアスタイリングがうまくいくと、一日快適に過ごせる気がする。古来化粧は戦いに赴く前に戦意高揚のためにおこなっていたという説もあるし。

（えーと、着替え着替え。ジーパンと……あーもうこれでいいや）

リビングに置きっぱなしのボストンバッグの中に突っ込んである、目玉おやじがプリントされた半袖《はんそで》Tシャツを取り出して再び洗面所へ向かう。

この部屋へ引っ越して一週間ほどたったが、まだ段ボールはほぼ未開封だ。もちろん洋服も、積み上げてある段ボールのどこかにあるのだと思う。

だが朝八時半前には家を出て夜十時過ぎに帰るような生活をしている上に、月間の休みが六〜七日間しかない身ではなかなか片付けもままならない。よって、ここへ来るときに持って来たボストンバッグの中に入っている服を洗濯して着回しているのだった。

「じゃあ、お先に出ますね」

バタバタと着替えを済ませ、玄関へと向かう。時刻は八時二十分。遅刻せずに着くにはギリギリの時間だ。

「行ってらっしゃい。ところで咲さん」

「はい？」

「前から思っていたのですが、いつも珍奇なTシャツを着ているのはあなたの趣味なのですか？」

「……まぁ、なんとなく買っちゃうんですけど。それが何か」

「いえ、何でもありません。気をつけて」

リビングいっぱいにあふれる日差しを受けて、玲司さんの眼鏡が思わせぶりにキラリと光った。

(珍奇て。目玉おやじTは普通だと思うんだけど。グレーと黒だし。地味だし)

しかし玲司さんの発言をいちいち気にしている暇などない。私はスニーカーを履き、そそくさと部屋を出ようとして、ふと気がついた。

(あ、脱いだ寝間着洗面所に投げっぱなしだ)

さすがに脱ぎ立てホヤホヤの寝間着を床に放置はまずいかなと思ったけど、戻って畳んだり自分の部屋に戻している時間はない。

（まぁいいか。帰ったらすぐ着替えるし。玲司さんも支度終わってたから洗面所使わないだろうし、大丈夫でしょ）

そう思い直して、私はそのまま部屋を出た。

店に着いて荷物を置こうとスタッフルームへ入ると、先に来ていたらしい莉子が飛びついてきた。

「咲〜〜〜！」

「わぁっ⁉　び、びっくりした！」

「ごめん。咲に話聞いてほしくて待ってたから、つい」

「話って、まさか」

「……うん。彼氏と別れた」

莉子はそう言ってうつむいた。ぱっと見はアッシュブラウンのロングヘアーをフィッシュボーンに編み込んで、ナチュラルメイクで仕上げたいつも通りの上品スタイルだ。でもよく見たら、目の下がうっすら赤くなっている。昨日泣き明かしたのだろうかと想像すると、胸が痛くなった。

「今度こそ、大丈夫だと思ってたんだけどなぁ」

弱々しく莉子が笑う。

そう、彼女が別れ話を切り出されたのは今回が初めてではない。

莉子が私とほぼ同期でこの店に入ってきて三年ほど。その間につきあった男性はまだ十本の指では数えられると思うが、私も正確な数字は把握していない。何しろつきあいだしてから別れるまでのサイクルが早すぎるのだ。

ちなみにお相手はお客さんだったり、ご近所にあるお店の店員さんだったりと色々だ。

「今回は古着屋の店員だっけ。えーと……確か健太郎《けんたろう》？」

「うん。休みの日に吉祥寺《きちじょうじ》ぶらついてて、なんとなく暇つぶしにお店に入って服を見てた時に声をかけられて、仲良くなった」

「それでつきあえるってのもすごいよね。私、基本的に店員は店の什器《じゅうき》だと思ってるから」

「咲のその感覚も極端だと思うけどね。せめて人間扱いしてあげて」

「いやぁ、向こうだってこっちを人間と認識してるか怪しいしお互い様でしょ。てか今回はまぁまぁ長続きしてたじゃん。半年だっけ？　なんで別れたの？」

「……なんか、重いって。あと、思ってたのと違ったって」

「重いかぁ……」

実は莉子が彼氏に別れを告げられる理由のナンバーワンが、これだ。

『尽くしすぎて重い』。『思ってたのとなんか違った』。

莉子は少しぽっちゃり気味の体型と穏やかな性格から『温和で包容力のある女性』というイメージを持たれているようで、店でも年齢問わず男性のお客さんに人気がある。

私たち美容師は接客業なので、そりゃあお客さんには愛想よく接する。いわゆる営業モードというやつだ。ただ、莉子はそれを仕事以外でもやってしまうらしい。だから惚《ほ》れられやすいけれど、相手が冷めるのも早いらしい。

「あたし、健太郎に喜んで欲しくて。ヴィンテージの古着が好きって言うから、よく分かんないけど古着屋めぐりして好きそうな服買って着てみたし」

「ああ、そういえば最近なんかボヘミアンな格好してると思ってたわ。前はきれいめＯＬみたいな格好だったのに」

「それは健太郎の前につきあってた人が、そういう子がいいって言ってたから」

「はぁ……人に合わせて服装変えるなんて、ほんとマメだよね。すごいよ。でも莉子ってホントは原宿系の格好好きなんでしょ？　入って来たばっかの時はそういう服着てたじゃん。好きでもない服着るのストレスじゃないの？」

「だって、やっぱり好きな人の好きな格好したいし」

そういうものなんだろうか。正直良く分からないが、否定するほどでもないので曖昧《あいまい》にうなずく。

そして莉子は声を詰まらせつつ、いかに健太郎に尽くしたかを語り続けた。

「和食が好きって言うからレシピ本買ってだしの取り方から勉強し直したし、飽きが来ないようにレシピサイト巡回したり動画見たりして頑張って作ったし、おいしいごはん炊けるように土鍋《どなべ》買ったりしたし。仕事で疲れてても嫌な顔しないで笑顔でいたし、健太郎の愚痴も聞いてあげたのに。でも、それで思ってたのと違うって言われても、困るし」

話しているうちにふられた悲しみがぶり返してきたのか、莉子はぐすぐすと鼻を鳴らして涙ぐみはじめた。

「あーほら、泣いちゃだめだって。プライベートを仕事場に持ち込むなって、店長に怒られるよ」

「うぅ……ごめん……分かってるんだけど……。もうどうしたらいいのか、分かんなくなって。私今度こそって頑張ったのに」

うぅ、と莉子が顔を覆って泣き崩れる。これはかなり重症だ。かける言葉が見つからなくて、私は黙って彼女の背中を撫《な》でさするしかない。

「ねえ、しばらく彼氏作るのやめたら？　無理して作ってもまた続かないでしょ」

「でも、一人は寂しいもん。あーあ、やっぱり結婚したいってのが顔に出てたのかなぁ」

「あぁ……男はそういう気配に敏感だもんね……」

「もう私、近場の男とつきあうのやめて、婚活しようかなぁ」

「婚活ねぇ……」

「じゃあー、咲先輩の旦那《だんな》様に紹介してもらったらいいんじゃないですかぁ？」

いつの間に来ていたのか、窓花《まどか》ちゃんが私と莉子の背後からにゅっと顔を出した。

「窓花ちゃん、またギリギリに来たね？　遅刻しないからいいってもんじゃないよ？」

「えへへーごめんなさーい。でも今日は二分前にはタイムカード押せましたよ」

軽くにらむと、窓花ちゃんはふにゃぁと笑った。この子はこういうところが憎めないので、ついつい甘やかしてしまう。

百五十センチあるかないかというくらい小柄で、服装や髪型も森ガールスタイルで小動物系のふわふわした空気を常にまとっているので、そこも甘くなるポイントのひとつだ。

教育係としてはもっと厳しく指導しなくてはいけないんだけど。

「てか、なんで私の旦那が出てくるのよ、窓花ちゃん」

「だってぇ、旦那様は結婚相談所の人なんですよねぇ？　全然知らない人のところに行くよりいいんじゃないですかぁ？」

「確かにそうかも。窓花ちゃんいいこと言うね」

莉子が手の甲で涙を拭《ぬぐ》い、わずかに微笑む。

「でしょでしょ～？　ねっ咲先輩。旦那さんにお願いしてあげてくださいよぉ～」

「いやぁ、でも」

どうしたものかと口ごもっていると、ドアが開いて店長がぬっと顔を出した。

「アンタたち！　いつまでくっちゃべってんの！　さっさと店内掃除して！」

「はぁ～い。ごめんなさぁい」

窓花ちゃんが立ち上がり、いち早くスタッフルームから出て行った。この子はこういうところは抜け目ない。

「……須永《すなが》。アンタ今日は開店早々、縮毛矯正とカットの予約入ってるでしょ。それまでにそのブッサイクな顔なんとかしときなさいよ」

店長は莉子の顔をちらりと一瞥《いちべつ》すると、バタンとドアを閉めた。

「ブサイクって。店長容赦ないなぁ。またかって思われてるんだろうけどね」

なんて言いながら莉子は苦笑している。

「いやぁ、そんなら店長だってしょっちゅう男にフラれてるじゃん。人のこと言えないでしょ」

「でも店長、フラれても何ごともなかったかのように仕事来るもんね。あれはすごいなーって思う。あたしもそんな風になれたらいいんだけどな」

「店長、『アンタたちとは年季が違うのよ！』とか言いそう」

「あはは、確かに。あ、婚活の件は冗談だからさ、あんま気にしないでよ。そろそろウチらもフロアの掃除しよ」

気にしないでと言われると余計気になってしまうのが人の性《さが》だ。

それに寂しがり屋の莉子は、きっとまたすぐに新しい彼氏を作ろうとするだろう。変な男に引っかかって悲しむ姿を見るよりは、プロに相談に乗ってもらった方がいいかもしれない。

「あ……旦那には聞くだけ聞いてみるから。窓花ちゃんの言う通り、知ってる人に相談に乗ってもらった方が気が楽になるだろうし」

「本当？　じゃあもしよかったらお願いしようかな。でもあんまり無理して頼まなくていいからね」

「うん。聞くだけってことで。断られたらごめんね」

「いいって。じゃあ行こっか。いい加減出てかないとまた店長に怒鳴られるし」

莉子はそう言うとパイプ椅子から立ち上がった。

安請け合いしすぎたかな、と思ったけど莉子の気が少しは紛れたみたいだし、それだけでも結果オーライだろう。あとは玲司さんがＯＫしてくれたらいいんだけど。

（まぁ……聞くだけ聞いてみよう）

「いいですよ」

帰宅して、既に部屋着に着替えて寝室でくつろいでいる玲司さんの所へ向かって莉子の件を恐る恐る切り出すと、あっさり了承されてしまった。

ちなみに彼の部屋着はグレーのTシャツにモスグリーンのスウェットパンツなのだが、どちらもそれなりにシルエットが綺麗《きれい》で素材もよさそうだ。寝間着をすぐ汚したり毛玉だらけにするセレクトショップあたりで買ったのだろうか。あんなものワンシーズン持てばいい消耗品だろうに。私には信じられない。

「え、いいんですか」

「ええ。お客様が増えるのはこちらとしても大歓迎です。あなたが弊社の会員になればお友だちにも入会割引が出来るのですが」

「入りませんよ？」

「当然です。既婚者が入会するのは規約違反ですから」

自分から話を振っておいてなんだそのオチは、と思ったけどこの人にとっては通常営業だった。だんだん彼のペースに巻き込まれているような気がする。慣れって怖い。

「じゃあ、本人からあとで連絡させますから。メールアドレスは私がカウンセリングを受けたときに玲司さんから連絡もらったアドレスでいいですか？」

「構いませんよ。お待ちしております」

とりあえず話が終わって安心したので、帰りにコンビニで買ってきた鶏そぼろ丼をキッチンのレンジに突っ込んで温め、再び自分の布団に体育座りして食べようとしたところで、玲司さんがパーティションの向こう側から顔を出した。

「……咲さん。食事をそこで摂《と》るのですか？　最近ずっと寝室で食べているようですが」

「え？　はい。楽なので一人のときもこうしてたんですけど。ダメですか？」

「……一応、リビングに飲食スペースがあるので。それと、匂いがこちらに来るので」

「あ、ごめんなさい。気づきませんでした。じゃああっちに行きますね」

鶏そぼろ丼の容器を持って立ち上がったところで、布団の横に朝脱ぎ捨てたはずの寝間着が綺麗に畳んで置かれているのに気づいた。

（あれ？　私これ、いつ畳んだんだろ？）

確か洗面所に投げっぱなしだった気がするんだけど、記憶違いだろうか？

（まぁ、いっか）

もしかしたら無意識に畳んでおいたのかもしれないし。だとしたら偉いぞ、朝の自分。

（そうだ。ご飯食べ終わったら、莉子にメール送っておこうっと）

＊＊＊

——そして一週間後。

私は莉子と共に、結婚相談所『シャンセ』へ向かうエレベーターの中にいた。

カウンセリングの予約を取ったものの、一人では不安なのでついてきてほしいと莉子に頼まれてしまったのだ。

幸か不幸か、莉子が予約した日が月二回だけ設けてある店休日だったので、私もばっちり行けてしまうのだった。

「莉子、今日はＯＬスタイルなんだね」

「うん、結婚相談所に行くならこういう格好の方がいいかなって思って。ねえ、咲は旦那さんの仕事場に行ったことがあるの？」

「え、えーっと……わ、忘れ物を届けにいったことくらいはある、かな」

『全くない』というと後々ボロが出そうなので、苦しい言い訳をひねり出す。本当はあんたの前にばっちりカウンセリング受けてるよ、とはさすがに言えないし。

「そうなんだ。旦那さんって仕事場ではどんな感じなの？」

「いやぁ……ちょっと口が悪いというか、遠慮がないというか……もし失礼なこと言っちゃったらごめんね」

雰囲気に流されて玲司さんにカウンセリングを頼んだものの、よくよく考えたら彼が有能かどうかも私は知らないのだ。何せカウンセラー本人とその場で結婚を決めてしまったのだから。

「結婚カウンセラーってズバズバ言うみたいだもんね。でもなんで自分がダメなのか教えてもらえるいい機会かも」

「莉子ってすごい謙虚だね。私、そんなの考えたことなかった」

「咲は本能のままに生きてるもんね」

「あー、野生の勘で生きてるとこはあるかもね。はい、着いたよ」

二人揃ってエレベーターを降り、受付を済ませてカウンセリング用のスペースへ通して貰う。『付き添いの友達も一緒だ』と莉子が告げると、二人分の椅子を用意してくれた。

「うぅ、アンケートってこんなことまで聞かれるんだね」

莉子は渡されたアンケートに四苦八苦している。そういえばつい数週間前に自分も同じように苦労してアンケートの欄を埋めたっけ。なんだか随分昔のことのように思える。そんな莉子を懐かしげに眺めていると、ガチャリと奥のドアが開いて誰かがこちらに近づいてくる気配がした。

「お待たせしました」

ノートパソコンを持ってブースに入って来た玲司さんを見た途端、莉子は目を丸くして固まった。

「……！」

「須永様のカウンセリングを担当させていただく成嶋《なるしま》と申します。どうぞよろしくお願いいたします」

「よ、よろしくお願いします」

莉子はぎこちなく立ち上がり、玲司さんから差し出された名刺をおずおずと受け取った。

「ちょ、ちょっと。この人が本当にあんたの旦那様なの？　すっごいイケメンじゃない！」

椅子に座り直したあと、莉子が興奮気味に小声で私へ話しかけてきた。

「そうだね……顔はすごくいいね……」

つい遠い目になってしまった。この人がいいのは顔だけなんだよ、とはとても言えない。

(でも、玲司さんもきっちり仕事はしてくれるはず)

私のカウンセリングのときも指摘は的確だったし。莉子にもよい相手を見つけてくれるのを願おう。

「まずはご記入いただいたアンケートを拝見させてください」

玲司さんは莉子から手渡されたアンケート用紙に素早く目を落とし、やや上目遣いで莉子を見た。

「須永様は相手に希望する条件が『優しい男性』ということですが、具体的にはどのような優しさを求めていらっしゃるのでしょうか？」

「えっと…怒らないとか……家事をやってくれるとか……でしょうか」

「曖昧《あいまい》すぎますね」

おっと、いきなり一刀両断だ。しかし莉子も負けてはいない。遠慮がちながら反論を繰り出す。

「で、でも普通優しい男の人がいいって誰でも思いますよ？　私、年収が高い方がいいとかイケメンがいいとか思いませんし」

「確かに肩書きや容姿、年収のみで相手を選別するのは愚策としか言いようがありません。勿論《もちろん》ご希望であればご紹介致しますが、条件で選別することによって本当に相性がよい相手をふるいにかけてしまう可能性も高いからです」

「そうですよね。だったら――」

　ほっとしたように口を開いた莉子へ、立て板に水のような玲司さんのトークが覆い被《かぶ》さる。

「ですが、『優しい』というあやふやな条件はそれらよりもっと悪手です。そもそも優しさとは相対的なものです。相手を思いやり厳しいことを言うのも優しさに入りますし、あえて何もせずただ見守るのも優しさです。あなたのいう優しさは自分に都合よく面倒を見てくれたり、口当たりのよいことを言ってくれる人という意味ではないですか？」

　莉子は唇を噛《か》みしめてうつむいた。やばい。これでは即カウンセリングが終わってしまう。しかも私のときよりも当たりがきつい気がする。これは助け船を出した方がいいかもしれない。

「で、でも莉子は男の人に尽くすタイプだし、服装やメイクだって清楚《せいそ》だし。彼女ならいいお嫁さんになれると思いますけど！」

「確かに珍奇なTシャツとジーンズで来るようなあなたよりは男性の第一印象はよいでしょうね」

「珍奇って言わないでください！　気に入ってるんですから！　しかも今日はアメコミのTシャツだからいつもよりは気を遣ってるんですよ！」

「あのう……」

遠慮がちに莉子が私達の会話に割って入ってきた。しまった。援護するつもりが自分が玲司さんと口論してどうするんだか。

「ご、ごめん莉子。続きどうぞ」

「ううん。二人ともすごい仲いいんだね。そんな風になんでもぽんぽん言い合えるって、いいなぁ」

（仲がいいように見えるんだ……？）

クエスチョンマークが頭の中を飛び交う。私としては、彼とあまり気が合ってるように感じないんだけども。玲司さんも同じようで、納得がいかないというような渋い顔をしている。

「私どもはこれが普通だと思っているのですが、須永様はこれまでの交際相手の方と言い合いをした経験はないのですか？」

「ない……と思います。いつも私の方が相手に合わせていましたし。言いたいことがあっても飲み込んで、笑って受け流してて。私が怒ったら空気悪くなっちゃうじゃないですか。でも、そうしてたら重たい、お前といるとなんか疲れるっていつも言われちゃうんですよね」

「……成程」

玲司さんは納得したようにうなずいた。

「そういう尽くす女性って、結婚相談所だったら人気あるんじゃないですか？　玲司さんも前に、こういうところに登録する男性は自分を支えてくれる人を求めてるって言ってたし」

私がフォローに入ると、玲司さんは顎《あご》に手を当てて少し考え込んだ。

「……そうですね、須永様のような方を求めている男性は少なくないと思います。アンケートに記載がありましたが、これまで多くの男性と交際なさっている実績が需要の多さを物語っていますね」

莉子の口端がわずかに引きつった。ああ、出た。玲司さんの必殺技『褒めてるのか思いっきりけなしてるのか分からない発言』。

「ですが、これまでその方々と結婚に至らなかったのですよね？　だとしたらどなたかをご紹介しても同じ結果に終わると思います」

「どうして、そう思うんですか？」

震える声で莉子が問いかける。今それを聞かない方がいいと思うけど、私も答えを知りたい気がするし。玲司さんは考えをまとめているのか、顔を上げてちらりと天井を見やり、すぐに莉子へ視線を戻した。

「ご自分の実体がどこにもないから――ではないでしょうか？」

予想外に曖昧で哲学的な答えだった。実体がないって、幽霊じゃないんだから。

「ええと、それってどういう意味なんでしょうか？」

莉子も私と同じ思いだったようで、困ったように首を傾げている。

「須永様は『相手に合わせていた』と仰っていましたが、お相手から『合わせてほしい』と要求されていたのですか？」

「いえ、そういう訳ではないです。でも、相手が好きなものを自分も好きになった方が、いいのかなと思って」

「お相手は莉子さんが見返りを求めているのを敏感に察知していたのではないでしょうか？」

「わ、私見返りなんて求めてません。そりゃ結婚はしてほしいなって思ってたけど」

「それをお相手に要求したことはありますか？」

「いえ……ありません。それこそ重たいって言われそうだし」

「もし結婚してほしかったのなら口に出して発言するべきです。須永様は『ここまでしたのだからきっと相手は応《こた》えてくれるだろう。言葉にせずとも察してくれているだろう』とお相手に言外の察知を暗に要求して、男性側に決断させようとしていらっしゃったのではありませんか？」

「…………」

莉子は深くうなだれた。そして更に玲司さんの追い討ちがかかる。

「確かに結婚相談所《こ　こ》には皆様最良の伴侶《はんりょ》を求めていらっしゃいます。ですが黙っていても結婚出来るとは思わないでください。ここに来る男性会員様は、今まで須永様が交際なされたお相手と何も変わりません。須永様は『選ばれる側』だと思っているかもしれませんが、あなたも『選ぶ側』なのです。須永様が今のご自分を変えられない限りは、同じ結果になるかと思います」

莉子の肩が小さく震えている。そんな姿を見て私は無性に悔しくなってきた。

紹介された相手とうまくいかなかった、という相談に来ているならまだ納得がいく。でもまだ何も始まっていないのに、ここまで否定されるなんてあんまりだ。

「ちょっと待ってください。そんなの会ってみないと分からないじゃないですか。誰か一人くらい紹介してくれてもいいと思いますけど」

我慢できなくなって、椅子からお尻《しり》を浮かせて前のめり気味に玲司さんへ詰め寄る。

「ですから、紹介しても同じ結果になると申し上げているのです。確かに咲さんの意見も間違ってはいません。ですが確率が低い方法を、嘘をついてまでお勧めはできません。それは入会していただいた方が私の営業成績も上がりますが」

「そこまで正直に言わなくてもいいですから！　莉子の何がいけないのか、私にも全然分かりません。三十手前にもなれば、つきあっている人に結婚してほしいって当然考えるだろうし、相手を思いやる気持ちは少なくとも私よりはあると思うし。家事もしっかりこなせるし」

「そうですね。確かに脱いだ服を脱ぎっぱなしにするあなたよりは、ポイントが高いですね。ですが家事が得意な方は他にもいらっしゃいますから、須永様でなくてもよいことになってしまいますね」

「そこまで言わなくてもよくないですか⁉　あと、ついでに私をこき下ろすのやめてください！」

「咲、もういいよ。ありがと」

私の腕をそっと掴《つか》み、莉子が弱々しく笑った。目尻には涙が光っている。

「でも」

「成嶋さん。アドバイスありがとうございました。すごく参考になりました」

「でしたら幸いです。次回からは入会していただく形になりますので有料ですが、もし本気でご結婚を考えていらっしゃるのであれば、またいらしてください」

莉子は黙ってぺこりと頭を下げ、部屋を出た。

「ほんっとごめん……まさかあそこまでひどいなんて」

駅までの帰り道は、お通夜のような空気になってしまった。自分が以前カウンセリングを受けているので、優しい対応ができる人じゃないのは知っていたけど、ここまで莉子の気持ちをえぐらなくてもいいのに。

「ううん。旦那《だんな》さんの言う通りだよ。他人から見たらそんな風に見えるんだって分かって、ショックだったけど」

「いや、あの人のは言い過ぎだから。もうアドバイス通り越してモラハラの域だから」

「でもさぁ……じゃあ、どうすればいいんだろうね。咲はどうしてあんなに旦那さんとケンカできるの？」

「……好かれようと思ってないから？」

「え？　でも結婚したんでしょ？　好きじゃないの？」

莉子が怪訝《けげん》そうな顔をしてこちらを見た。ついぽろっと本音が出てしまったのに気づいて、慌てて取りつくろう。

「あ、うん、好き！　好きだよ！　てかほら、ああいう人だしさ。こっちもはっきり言わないと分かんないじゃない」

「私だったら、やっぱり笑って合わせちゃいそうだなぁ。だって嫌われるの怖いもん」

(怖い……かぁ)

そういえば玲司さんを『怖い』と思ったことはないかもしれない。そもそも、お互いの利害が一致したから結婚しただけの話だし。もしかして私が玲司さんに恋愛感情を抱いたら、莉子みたいに嫌われるのが怖くなるのだろうか。

何せ最後に男性と交際したのがピチピチの二十代前半くらいなので、何もかもが忘却の彼方《かなた》だ。

「今日はありがとね。お礼に今度、何かおごるから。また次の店休日にでもご飯食べよ」

「うん、じゃあ、また明日ね」

井《い》の頭《かしら》線のホームに消えていく莉子の背中は、なんとなく丸まっているように見えた。寂しがり屋で、一度会ったら終電までお茶だカラオケだと私を引っ張り回す莉子があっさり帰るなんて。

やっぱり玲司さんの発言に傷ついてるんだと思う。本当に、なぜ莉子があそこまで言われなくてはいけないのか分からないし、嫌がらせとしか思えない。

(帰ったら絶対一言もの申してやる!)

私は強い決意を秘めてぐっと拳《こぶし》を握りしめた。

「あなたの方から臨時ミーティングを持ちかけるとは珍しいですね」

帰宅後。私と玲司さんはそろってダイニングテーブルを囲んでいた。

「はい。お休みのところ申し訳ありませんが、急ぎの用件だったので」

「そうですか。私もあなたと話し合いたい件があったのでちょうど良かったです。では臨時ミーティングを開始しましょう」

玲司さんは例のごとくノートを開いてペンを握った。前にも思ったけど、この雰囲気は夫婦というより上司と部下のようだ。

「それでは咲さんから議題をどうぞ」

「今日の莉子……須永さんのカウンセリングですが、さすがにあれは言い過ぎだと思いました」

「そうですか？　確かに涙ぐんでいらっしゃったようですが」

（気づいてたんじゃん！）

一気に思いだし怒りがこみ上げてくる。莉子が泣いてるのを知っててあんな暴言を吐いたなんて、この人には心がないのだろうか。

「ええと、あれじゃ門前払いしたがってるとしか思えないんですけど。少なくとも私のときは、会員データベースを検索くらいはしてくれたじゃないですか。どうして莉子にはしてくれなかったんですか?」

落ち着いて話そうと思っても、つい言葉に怒りがこもってしまう。

「あなたの場合は条件が単純でしたので、探せば一致する方がいる可能性もゼロではないと判断しました」

「莉子の『優しい』はダメなんですか?」

「それが須永様の本当のご希望ではないと感じましたので。ご自分の考えではなく、一般論を仰っているように見えました」

またなんだか難しいことを言いだしたぞ、この人は。

「そりゃ、一般的には優しい人がモテますし」

「世間一般の需要と自分自身の需要が、必ずしも一致するとは限らないでしょう。あなたと私がいい例です」

「成程」

腕組みしてうなずいてしまった。いや、ここで納得しちゃダメなんだけど。

「例えば今日の服装ひとつとっても、ご自分の意思ではなく、『一般的によいとされる服』を身につけていらっしゃると感じました」

「でも、私には気を遣わなすぎっていってませんでしたっけ。もっと異性を意識しろって

怒られたような。莉子みたいなきれいめOLスタイルの方が男性受けはいいんじゃないで
すか？」

「気にしなすぎてもしすぎても良くないのです。お二人は足して二で割ったら丁度よくなるでしょうね」

「はぁ……」

分かったような分からないような感じになってしまった。まるで禅問答だ。

どう答えようかと考えあぐねていると、玲司さんはノートのページをぺらりとめくった。

「私からは以上です。では次の議題に移りましょう」

「勝手にまとめないでください」

「ですが、お互い意見は出尽くしていると思うので、これ以上話し合っても意味がないでしょう。ところであなたの生活態度についてですが」

「え、お互いのプライベートには踏み込まないって約束ですよね」

「基本的にはそうですね。ですがこれからお話するのは、私の生活にも関わる件なのであえて今回申し上げる決断をしました」

玲司さんはいつもの平坦《へいたん》な口調でつらつらと喋《しゃべ》り始めた。警戒心たっぷりに玲司さんをにらんだのだが、あまり効果はなかったようだ
「さすがに共用スペースを汚されたままというのは、いかがなものかと。ちなみに今朝も、

何故か裏返った靴下が片方リビングに落ちていましたし、洗面所は顔を洗ったまま放置されていたのか水浸しになっていました」

「あ……」

心の中でまた『成程』と呟《つぶや》いてしまった。生活態度というのはそっちのことだったのか。

「それと、冷蔵庫も使用するのは構いませんが、箱買いした栄養ゼリーを全部詰め込むのはご遠慮願いたいですね。私が買ってきた食材が入りきれなくなりますので。ついでに申し上げますと通販の段ボールは開けっぱなしで床に放置するのではなく、配達伝票のラベルを剥《は》がしてから畳んでキッチンの隅に集めておいてください。収集日に私が出しておきますので」

「すみません……でも、そのときに注意してくれたらよかったのに」

「何度か申し上げようと思ったのですが、あなたが余りにも忙しそうだったので、こうしてお話しする機会をうかがっておりました」

「うっ……」

そういわれるともうぐうの音も出ないし、どれもこれも正論すぎて何も言い返せない。

私はひたすら平身低頭で謝り倒した。

＊＊＊

ミーティングが終わった後、私は早々にシャワーを浴び、着替えて布団へ潜り込んだ。小腹が空《す》いているけれど、何か食べる気も起きない。莉子の件と私の生活態度の件ですっかり気力ゲージが真っ赤になってしまった。

（玲司さん、思ったことは全部口にしてるんだとばかり思ってたけど、結構遠慮してたんだな）

自分がいかにだらしないかを糾弾されたのにも落ち込んだけれど、知らず知らずのうちに玲司さんに迷惑をかけていたことの方がショックだった。今まで黙って私が汚したり散らかしたりしたものの後始末をしてくれていたのだろう。

（そういえばご飯を寝室で食べてたのも、一週間くらい我慢してくれてたんだよね）

いつもは言わなくていいことまで喋るくせに、こういうことはギリギリまで黙っている人だったらしい。それが余計に、彼の気遣いを感じさせて申し訳なくなる。

（ちゃんと玲司さんに謝らなきゃなぁ……）

などと考えていると、ガラッと扉が開き、玲司さんが部屋に入って来た。

「あの、玲司さん」

パーティションの向こうへ行こうとしている玲司さんを呼び止め、布団の上に正座する。今謝っておかないと、タイミングを逃してしまいそうだし。

「何でしょうか」

玲司さんは足を止め、私の方を見た。

「今まで色々気づかなくてごめんなさい。一人暮らしの時の感覚が抜けなくて、これくらい大丈夫だろうって思っちゃってて。玲司さんが黙って片付けてくれてたのに甘えてました。これからは気をつけます」

私はぺこりと頭を下げた。玲司さんはいつもの無表情でそれを見下ろしている。

「先ほど謝罪していただいたので、結構ですよ。それに、もう済んだことなので」

にこりともせずに言われると逆に怖い。

けれど、能面みたいに見える彼の顔も、よく見たら口角がほんの数ミリ上がっていたりとか、眉《まゆ》がやっぱり誤差の範囲で持ち上がっていたりだとか、そういう細かな表情の変化に気づけるようになってきた気がする。

この人は表情が乏しいけれど、どこに感情が表れるか観察しているとパターンが分かって面白い。

「あの、これからは気づいたらそのときに指摘してください」

「はい。ですがいちいち注意したりされたりするのはお互い精神的によろしくないと思うので、これから先ほどお話しした共用スペースの使用ルールについての注意書きを作成します」

「あ、それはいいですね。助かります」

「では、明日プリントアウトしたものをお渡ししますので、いつも見えるところに掲示しておいてください。ああ、それと」

「はい？」

「あなたのそういう素直に謝れるところは、評価すべき美点だと思います」

わざわざ真面目くさって伝えることなんだろうか、と思ったけど、褒めてくれているのだからありがたく受け止めるとしよう。

「ありがとうございます」

「ではおやすみなさい」

玲司さんは目礼すると、パーティションの向こうへと消えていった。デスクライトを付けたらしく、暗闇がほんのりと明るくなる。

ノートパソコンを起動したのか、ウィインと小さく何かが唸《うな》るような音も聞こえてきた。

『咲はどうしてあんなに旦那《だんな》さんとケンカできるの？』

なんとなく、昼間莉子に聞かれたのを思い出す。あのときは答えが出なくて『好かれようと思ってないから』なんていってしまったけど、もしかしたら『ケンカしても納得するまで話し合えるから』なのかもしれない。お互いに溜《た》まっているものをぶちまけ合うと、結構スッキリするもんだし。

玲司さんの理屈で構成された淡々とした話し方も、初めは自動音声みたいだと思っていたけど、こちらの感情が高ぶっている時に理路整然と話してもらえるのは、冷静になれて丁度いい気がする。

(莉子も彼氏とミーティング、すればいいのに)

『ミーティング』というシステムは結構便利だなぁと思う。初めは家でまで会社みたいにしなくても、って内心イラっとしたけど、システマティックにしてしまった方が確かに気が楽だ。

話せば全部解決するわけじゃないけど、話さないと伝わらない。世の中そんなに単純じゃないといえばそれまでなんだけど。

＊＊＊

「莉子せんぱーい。カウンセリングどうでしたぁ?」

店休日の翌日。お客さんがはけて暇になった隙を突いて、窓花ちゃんが莉子に向かってとんでもない爆弾を投げつけてきた。私はちょうど二人から離れたところにいて、さっきお見送りしたお客さんが座っていた場所の周りをホウキで掃いている最中なので、耳をダンボにして会話を盗み聞きするしかない。

「うーん、なかなか厳しいよ。やっぱりすぐに結婚相手を紹介してくれるわけじゃないみたい」

「えぇ～そうなんですかぁ？　なんか、年収とか学歴とか、希望を出せばすぐ探してくれるんだと思ってましたぁ」

「あたしもそう思ってたんだけど、そうでもないみたい。まぁ、しばらくは一人でゆっくりするよ」

「そっかぁ……寂しいですねぇ……」

窓花ちゃんはしゅんとして肩を落とした。スタッフルームから出てきた店長が、フンッと鼻を鳴らして自分を指さす。

「別に男がいなくても死にゃぁしないわよ。アタシをごらんなさい。男日照りがもう五年も続いてるけど、全然元気よ」

「わぁー店長彼氏そんなにいないんですか？　二丁目に行けばいいんじゃないですかぁ？　店長みたいなガチムチな人がモテるとこなんですよねぇ？」

（うわぁ、窓花ちゃんすっごい雑な返し。お客さんに言わないように注意しないと）

窓花ちゃんは時々とんでもない地雷を全力で踏みつけるところがある。店長は彼女が天然なのを分かっているので、軽くにらむだけだけど。

「アンタ、絶対意味分かってないでしょ。そんな簡単な話じゃないのよ」

「店長も莉子先輩も難しいんですねぇ……」

「ま、フラれたあとはおいしいものでも食べて、お酒飲んで、カラオケで中島みゆき歌って号泣すればスッキリするわよ」

「じゃあじゃあ、みんなで餃子《ギョーザ》パーティーとかどうですかぁ？　ねーっ、咲先輩？」

窓花ちゃんが笑顔で振り返り、ちりとりで髪の毛を掃き集めている私の方を見た。

「うわ、そこで私に話振るんだ」

「餃子パーティー楽しいですよぉ。わたし、彼氏や友達と一緒によくやってるんです。お金もかからないし一杯食べられるしいいですよぉ」

「あら、いいわね。てか一ノ瀬《いちのせ》、彼氏いたの？　生意気ね」

店長が思いっきり顔をしかめて窓花ちゃんにでこぴんした。明らかに嫉妬《しっと》してるな、これは。

「えへへ〜すみません〜」

店長の全力でこぴんはかなり痛いはずなのに、窓花ちゃんはにこにこ笑っている。

「たこ焼きパーティーはやったことあるけど、餃子パーティーなんてあるんだね。楽しそう」

「莉子先輩もそう思うでしょぉ？　今度の店休日にやりましょうよ～」

「いいけど、どこでやるの？」

と私が突っ込んだ途端、皆の視線がこちらに集まった。

「ちょっと、なんでこっち見るの!?」

「え～だってぇ。うちすっごい狭いから、店長は入らないと思うので～」

「一ノ瀬、居残り課題増やされたいみたいね？　今から駅前出てカットモデル百人スカウトしてくる？」

「えぇぇ～無理ですよぉ～。死んじゃいますってばぁ～」

「いやいや、うちもそんな広くないよ！　それにまだ引っ越しの荷物片付けてないし」

「あーでも、旦那さんと咲の愛の巣、あたしも見たいなぁ」

莉子は目を輝かせてうっとりしている。『愛』の巣って。私と玲司さんに今一番欠けてるものじゃないのよ。

「いいじゃない、見せなさいよ。これは店長命令よ、西依《にしより》」

「うっわ、店長パワハラですよそれ。てか私だけ旦那同伴って見世物みたいじゃないですか」

「大丈夫ですよぉ～。わたしも彼氏連れて来ますから」

「そういう問題かなぁ……」

「アンタ引っ越して部屋広くなったんでしょ？　多分、この中でアンタが一番いい部屋住んでるわよ」

全員の顔に、何がなんでも私の部屋で餃子パーティーをしたいという強い意志が感じられる。こんなときだけ一致団結するなんてずるい。勝ち目ないじゃない。

「はぁ……分かりましたよ。一応旦那に聞いてみますから」

「やったぁ〜！　咲先輩、やさしーっ」

窓花ちゃんが両手を上げてぴょんっと飛び跳ねた。この子はいちいち仕草がアニメっぽい。

「でもうちの旦那、そういうアットホームな雰囲気苦手かもしれないので、ダメだったら店長の家に変更してくださいね」

「あぁー……咲の旦那さん、真面目そうだったもんね」

莉子がすごく納得したようにうなずいた。

「へえーっ、そうなんですかぁ？」

「うん、でもすっごくイケメンだったよ。びっくりしちゃった」

「あら、西依のくせに生意気ね。でもますます見たくなっちゃったわ」

三人は玲司さんの顔の話題で盛り上がり始めた。

「じゃあ、今からＬＩＮＥで連絡しときますから」

まだワイワイと玲司さんの話をしている店長達にそう言い残し、スタッフルームへと駆け込む。

面倒くさいことになってしまった。餃子パーティー自体は楽しそうだしいいと思うけど、遠慮を母親の胎内に置き忘れてきたような玲司さんが一緒だなんて、絶対トラブルが起こる。莉子も泣くまで玲司さんにやり込められたのに、まさか窓花ちゃんの提案に乗ってくるとは。

（いやぁでも、絶対ダメでしょ。ダメに決まってる、お願いだからダメって言って）

そう念じつつ、玲司さんへメッセージを送る。何かあったときのためにとアカウントを交換しておいたのだが、実際に連絡を取るのはこれが初めてだ。

玲司さんがLINEやってるっていうのもそもそも予想外だったけど。あの人が友達とスタンプ送り合ってる姿なんて想像つかない。

メッセージ送信後、ほどなくして玲司さんから返信が届いた。

『その日は私も休みなので、問題ありませんよ』

「うっそ」

思わず携帯に向かって叫んでしまった。絶対断ると思ってたのに。あまりの衝撃に呆然《ぼうぜん》としていると、更に返信が届いた。

『ですが家にはホットプレートがありませんので、そちらで用意していただけると助かります』

（めっちゃ乗り気っぽいんだけど！）

とにかくＯＫされてしまったのでは皆を家に呼ぶしかない。オーマイゴッド、と呟《つぶや》き、私は携帯をバッグにしまった。

「あーっ、咲せんぱーい、旦那さんどうでしたぁ？」

スタッフルームから出てくると、窓花ちゃんがぴょんぴょん飛び跳ねるように私へ駆け寄ってきた。

「……ホットプレートが家にないので、誰か持って来てください、だそうです」

「つまり、ＯＫってことでいいのね？」

店長に念を押され、無言でうなずく。なんだかすごく負けた気分だ。

「じゃあじゃあ、わたし持って来ますよぉ〜」

「良かった！　楽しみだね。ねえ、咲の家の近くにスーパーってある？」

「駅前と商店街にあったと思うけど……」

「じゃ、材料は当日皆で買いましょ。西依、あとでウチの店のグループＬＩＮＥにアンタの家の地図送っといて」

「はい……」

あぁ、トントン拍子に話が進んでいく。一体当日どうなるんだろう。全く予測出来ない。とにかく玲司さんには余計なことを喋《しゃべ》らないで欲しい。可能なら口にガムテープ貼りたいくらいだ。

（当日何も起こりませんように……）

＊＊＊

そして、二週間後の火曜日。ついに餃子パーティー当日となった。

玲司さんと私は二人揃って、キッチンで最終確認をしていた。

「咲さん、餃子を皆で作るために必要な道具はこれだけですか？」

「大丈夫だと思いますけど」

キッチンには整然と調理器具が並べられ、綺麗《きれい》に磨き上げられたリビングの床には、通販で注文した大きめの折りたたみテーブルがセットされている。

全て玲司さんが朝早起きして用意したものだ。ちなみに百円ショップで買ってきた防火エプロンもばっちり装着している。（汚れるのを想定して買って来たそうだ）

「玲司さん、随分ノリノリですね。もしかしてこういうの好きなんですか？」

「いいえ、これも夫としての務めだと思いまして」

そんな務めは聞いたことないのだが。もしかして海外のホームドラマでも観たのだろうか。それとも最近のイクメンだかなんだかのブームに乗ったんだろうか。イクメンは多分意味が違うとは思うけど。

「別に無理しなくても。嫌なら断ってくれて良かったのに」

「お客様をもてなすのは嫌いではありませんよ。学生時代にこういったホームパーティーは何度か参加しましたし」

「え、そうなんですか」

「はい。ですが私が決まって女性を泣かせたり怒らせたりしてしまうので、次から呼ばれなくなりましたね」

「…………」

なんとなく想像がついて無の顔になってしまった。

多分、男子勢が女子を呼ぶための撒《ま》き餌《え》として玲司さんを呼んだんだろうな。そして玲司さんのデリカシーの欠片《かけら》もない発言で女の子をボコボコにして男子勢の面子《メンツ》潰《つぶ》しまくったんだろうな。ご愁傷様です。

「それに、皆さんが来てくださるお陰で、ようやくリビングが片付きましたしね。むしろ感謝していますよ」

「うっ……確かにそうですね」

一ヶ月ぶりくらいにすっきりとしたリビングの一角を見て遠い目になる。うちのリビングは八～九畳相当とそこそこ広いが、私が引っ越しのときに積み上げた段ボールを放置していたので、随分と窮屈な生活を強いられていたのだ。さすがに大人数を入れるにはこれを片付ける必要があるだろうと、昨晩からヒーヒー言いながら段ボールの中身を空けたのだった。

「それにしても、あなたの勤務先はプライベートでも仲が良いのですね」

「そうですねぇ、人数少ないですし、ほぼ一日一緒にいるから仲良くはなりますね。玲司さんは同僚の方と遊んだりしないんですか？」

「基本的にはプライベートでの交流はありませんね。本社主催の飲み会には顔を出すようにしていますが」

「あー、普通はそんなもんみたいですねえ」

などと雑談をしていると、インターフォンが鳴った。

「あ、来たみたいですね。私が出ますね」

リビングの入り口付近に設置してあるインターフォンに近付き、モニターを確認する。

そこには窓花ちゃんが映っていた。

『せんぱーい、こんにちはーっ。窓花ですぅ』

「はーい。今開けるからね」

オートロックの解錠ボタンを押して、玄関先まで迎えに行く。ドアを開けると、窓花ちゃんと、ホットプレートの箱を抱えたやたら背が高い金髪の男の子が立っていた。

「こんにちは。えーっと、その子が窓花ちゃんの彼氏？」

「ちわっす。昴流《すばる》ッス。よろしくお願いします」

昴流くんはひょろ長い体をぱきっと二つに折ってお辞儀をした。革パンにピンクのバラ柄のシャツなんか着てるからチャラい系かと思いきや、意外にも礼儀正しい。

「昴流はバンドでギター弾いててぇ、メジャーデビュー目指してるんですよぉ～」

「へーすごいね」

「いや、全然ッス。バイトで食ってる感じなんで」

昴流くんは照れくさそうに頭を掻《か》いた。ああ、この子多分すっごいいい子だわ。

「あ、ホットプレート持って来てくれてありがとうね。さ、あがって」

「おじゃましまぁーす」

「お邪魔しまっす！」

若者二人を引き連れてリビングへ向かう。玲司さんを見た途端、窓花ちゃんが歓声をあげた。

「わあーっ！　この人が咲先輩の旦那《だんな》様ですかぁ～？　すっごいかっこいいですねぇ～」

「玲司さん。私の後輩の窓花ちゃんと、彼氏の昴流くんです」

玲司さんはちらりと二人を見比べ、軽く一礼した。

「初めまして。咲の夫の成嶋玲司と申します。どうぞよろしくお願いします」

「こちらこそよろしくお願いしますぅ〜。咲先輩にはいつもお世話になっていますぅ〜」

いつもの調子でふにゃぁと笑う窓花ちゃんの後ろで、昴流くんが黙ってぺこりと頭を下げた。なんか可愛いな、この二人。

そうこうしているうちに店長と莉子も家に到着し、無事全員がそろった。

「玲司さん、お久しぶりです。先日はお世話になりました」

「いえ、とんでもありません。今日はプライベートですし、お互い気楽にやりましょう。ところで須永さん」

「はい？」

「その格好、とても似合っていますね」

「え？」

「え？」

莉子と同時に私まできょとんとしてしまった。だって玲司さん、この間さんざん莉子の服装を批判していたのに。

しかも今日は、この間とは打って変わって、ぎっしりと何かのキャラクターがちりばめられたパーカーに、スモーキーピンクの膝丈《ひざたけ》スカートといったザ・原宿系スタイルだ。私のTシャツごときで珍奇だ珍妙だのいってる玲司さんが受け入れられる格好とは思えない。

「そ、そうですか？　今日は休みなので、こんな格好なんですけど」

莉子も私と同じような感覚なのか、戸惑い気味に上着をつまんで自分の服装を確かめている。

「ええ。とてもあなたらしい。カウンセリングのときに着ていた服より、よほど須永さんの魅力が引き立てられています」

「…………！　あ、ありがとう……ございます……」

莉子は煙が出そうなくらいに真っ赤になってしまった。イケメンに真顔でこんなこといわれたら大抵の女は落ちると思う。これはもしかしなくても素でやっているんだろうか。すごい破壊力だ。

「で、でも奥さんの前で他の女を褒めちゃだめですよっ！　好きになっちゃいますよ？」

「そうですか。不倫はいけませんね」

玲司さんは顔を曇らせてそう言った。自分の発言の重大さに気づいてないな、これ。

莉子が挨拶《あいさつ》をしている後ろから、ぬうっと店長が顔を出した。

「ちょっと、須永。いつまでくっちゃべってんのよ。アタシにも挨拶させなさいよ」

「あ、ごめんなさい」

莉子はそれをしおにさりげなく玲司さんから離れた。まだ顔が赤い。そりゃ、あんだけカウンセリングでボコボコにされたあと持ち上げられたら、ときめくだろうな。たとえるなら、DV男にさんざん殴られたあと優しく抱きしめてきたら許しちゃうみたいな気持ちだろうか。

いや、それは言い過ぎか。素行が悪い不良が雨の日に、道ばたの段ボールに捨てられた子猫に傘を差し掛けてる姿を見ると、ときめいちゃうくらいにしておこう。

「玲司さん。こちら店長の辻堂《つじどう》さん」

「初めまして、成嶋玲司と申します。咲がお世話になっております」

「ご丁寧にどうも。アタシは辻堂志信《しのぶ》と申します。今後ともよろしくね」

お決まりの挨拶を交わしたあと店長は玲司さんを一瞥《いちべつ》し、感心したようなため息をついた。

「あら、噂に違《たが》わず立派なイケメンね。でも細すぎるわね。もうちょっと筋肉つけた方がいいわよぉ」

「やはり運動不足でしょうか。健康のために散歩はしているのですが」

「散歩程度じゃダメよぉ。やっぱジムくらいは通わないと」

「分かりました、検討いたします。ところで口調と見た目では判断出来ないのですが、辻堂さんは女性でしょうか、それとも男性なのでしょうか？」

「アンタ、いきなりそれ聞く？　立派な男性よぉ！　まぁ、心は乙女ってヤツだけどね」

「そうですか、それは失礼しました」

(あれ、意外と会話が盛り上がってる……？)

実は店長と玲司さんがどうなるかが一番不安だったんだけど、この調子だとなんとかうまくやっていけそうだ。

「なんかあの二人、気が合ってるね」

莉子も驚いた様子で、そっと私に耳打ちしてきた。

(良かった。まずは第一関門クリアかな。この調子ならなんとか楽しくやれそう)

それにしても、莉子の服装を褒めたのには驚いた。あとで理由を聞いてみようかな？

「さ、じゃあ自己紹介タイムも終わったところで、買い出しに行きましょぉ」

「そうですね。ここからだと少し歩きますが、駅前の商店街にあるアキマルというスーパーが安くて品揃えが良いですよ」

「わぁ、旦那さん詳しいですねぇ～」

窓花ちゃんが感心したように目を丸くした。

「買い物でよく使っていますので。それと旦那様ではなく、玲司とお呼びください」

「はぁい、玲司さん」

(玲司さん、スーパーに買い物行くんだ)

そういえば朝はきちんと作って食べてたし、買い出しに行っていても不思議ではない。

夜は私の方が帰宅が遅いから気づかなかったけど、もしかして夕食も作ってるんだろうか。

もし作ってるとしたら、スパイスからこだわってそうだなって思ったけど、それなら野菜も無農薬とか有機野菜を使いそうだし、意外と庶民的なのだろうか。

（いやいや、プライベートには踏み込まない約束だし）

といいつつ気になってしまう。でも日常会話程度ならOKってこの間ミーティングで決めたし、これくらいは聞いてもいいのかな？

＊＊＊

買い物から戻ってきて、キッチンの床にめいめい分担して運んできたスーパーや八百屋の買い物袋を下ろす。

「ひゃぁー重たかった！　買いすぎちゃいましたねぇ」

「この辺のスーパーってすっごい安いんだね。びっくりしちゃった」

莉子と窓花ちゃんが感心したように言い合っている。

確かに私が住んでいた高円寺含めて、この辺りは物価がやたら安い。

バンドマンだのお笑い芸人だの、何らかのプロを目指す若者が多く住んでいる地域のせいだろうか。

私は自炊はあまりしない方だけど、スーパーや飲食店も夜遅くまで開いていてしかも安いので、助かっている。

「さて、では役割分担を決めましょうか。私と咲さんが基本の餃子《ギョーザ》のタネを作りますので、その間に皆さんは各自で買って来たお好みのタネを餃子の皮で包んでください」

「え、私も作る方なんですか？」

「それは当然でしょう。私達がホストなのですから」

「でも私、料理そんなに得意じゃないし」

「存じ上げていますよ。私の手伝いをしてくだされればよいので安心してください」

「あははっ、咲先輩と玲司さん、なんかおもしろーい！　夫婦っていうより先生と生徒みたいですねぇ～」

「自分の奥さんに『存じ上げております』なんて言うんスね。いつもそんな感じなんですか？」

窓花ちゃんと昴流くんの若者カップルが、めちゃめちゃ激しい突っ込みを入れてくる。

「まぁ、基本的にはそうですね。親しき仲にも礼儀ありといいますし」

（親しいどころか、ほぼ他人なんだけどね）

と突っ込みを心の中で入れつつ、私は百円ショップで買っておいたエプロンを頭からかぶったのだった。

皆がきゃっきゃとキムチやら海老《えび》やらチョコレートやらを包んでいる中、私と玲司さんは餃子のタネを作るべく並んでキッチンに立っていた。

「では私がタネを作っていきますので、咲さんは鍋《なべ》にお湯を沸かしてください。できたらジャガイモの皮も剝《む》いていただけると助かります」

「あ、ピーラーがあれば剝けますよ。カレーくらいはたまに作っていたので」

「では切って茹《ゆ》でるところまでお願い出来そうですね。ピーラーはそこにありますので、使ってください」

「分かりました」

ぺろぺろとピーラーでジャガイモの皮を剝いていく。

(なんかこの会話、すっごい仲良し夫婦みたい……)

私の記憶が正しければ、こうやって並んで何かの作業を一緒にするのは、今日が初めてだ。

店に置いてあるアラサー向けファッション雑誌の、理想の夫婦を紹介するコーナーあたりにこんな光景があった気がするけど、私達も傍《はた》から見たらそんな風に映るのだろうか。

実際は学校の調理実習か、初めて飲食店で働くアルバイトみたいな気分だけど。

玲司さんはざくざくとキャベツを切ると、シンクの下の戸棚から出したフードプロセッサーに放り込んで、スイッチを入れた。

ガリガリガリガリ！　と耳障りな音を一瞬だけ立てたあと、キャベツはあっという間に粉々になってしまった。

「え、包丁で切らないんですね」

「自炊を始めた頃は包丁で切っていたのですが、フードプロセッサーですと一瞬で終わると分かったのでこちらを採用しました」

同様にしいたけやニラもざっくり切ってフードプロセッサーに放り込み、あっという間にみじん切り作業は終わってしまった。

「玲司さんって、なんかこう一つ一つ丁寧に作業していく人だと思っていました」

「私は料理が趣味ではありませんので、できるだけ効率的に作業をしていく方法を採っています。最近は炊飯器や電子レンジなどを使ったレシピも豊富ですしね」

「あー、それなら簡単に出来そうですねぇ」

ひき肉と刻んだ野菜をボウルに入れてこねまわしている玲司さんの横で、適当な大きさに切ったジャガイモをざっと洗い、沸騰した鍋の中に入れる。

「そういえばこれ、何に使うんですか？」

「茹で上がったらマッシュして、明太子《めんたいこ》とバターで和《あ》えて各自包んでもらいます」

「あーおやつっぽくておいしそう。これくらいなら気軽に作れそうでいいですね」

「興味があるならレシピをあとでお送りしますよ」

「じゃあ、LINEにアドレス送っておいてください」

『一緒に作りましょう』じゃないところが玲司さんぽいけど、こっちも監視されながら作るよりは気楽だ。こういうところが新婚夫婦ぽくないといわれてしまうのだろうけど。

(なんか玲司さんって、イメージと結構違うかも)

朝の優雅な朝食スタイルを見たときには、スパイスまでこだわるエグゼクティブ系男子みたいなイメージだったんだけど、こうして調理方法ひとつとっても意外と現実的で親近感が持てる。時短レシピとか詳しそうだし、色々教えてもらいたくなってきた。

(いやいや、プライベートには立ち入らない約束でしょ)

それに、この距離感が楽なんだから彼とそこまで親しくなる必要はないんだし。

(でも、考えてみたら不思議な関係だよね)

さっき莉子にも同じことを言われたけど、恋人はもちろん、友達ともなんか違う気がする。同居人っていうのが今の所しっくり来るけど、お互い遠慮なくものを言ってる割には、大事な部分には気を遣ってるし。

これって……何て表現すればいいんだろう？　戸籍上は夫婦なんだから、夫婦ってことでいいのかな？　世間一般の夫婦をよく知らないから定義が難しいけど。

「お待たせしました。餃子のタネができましたよー」

玲司さんと二人で餃子のタネが入ったボウルを持って皆のところへ戻ると、窓花ちゃんが歓声をあげた。

「わぁー美味《おい》しそうですねぇ」

「明日は仕事なので、にんにくは抜いておきました」

「あら、気が利くじゃない西依。じゃあ皆そろったし、ホットプレートそろそろ温めてもいいかしら？」

「はい、お願いします」

玲司さんの許可を取った店長が、ホットプレートのスイッチを入れる。私たちも店長と莉子の横に座らせてもらい、ようやく餃子パーティーの始まりとなった。

「では、これより餃子パーティー兼懇親会を開始いたします」

玲司さんがペットボトルのウーロン茶を注いだ紙コップを手に取り、なぜか乾杯の音頭を取った。なんとなく皆流れに従い、コップを掲げて乾杯をする。

（なんでここで玲司さんが仕切るんだろう……）

「わ～店長が仕切るのかと思ったら玲司さんに仕切られちゃいましたぁ～」

「さっきも餃子の作り方の指示出してたっスよね。もしかして鍋奉行的なヤツっスか？」

私が突っ込むべきか否かを考える間もなく、窓花ちゃんと昴流くんがそろって玲司さんへ突っ込んでしまった。

皆が思っていたであろうことをためらいなく言えるのは、若さゆえの特権というべきか、それともこの二人のキャラゆえなのか。

しかし玲司さんは気を悪くした様子もなく、いつも通り淡々と答える。

「意識したことはありませんが、段取りよく作業を進めるのは好きなので」

「わぁ〜さすが結婚相談所の人ですねぇ〜」

窓花ちゃんの雑な切り返しって、こういうときすごく生きてくるなぁと感心してしまった。私も見習うべきかもしれない。

「ホラホラ、くっちゃべってないでさっさと焼かないと、食いっぱぐれるわよ」

店長は一人でさくさくタネを包み、ホットプレートに並べている。すでに焼き色がついているものもあり、香ばしい匂いが漂ってくる。

「あーなんか店長が焼いてる餃子の匂い嗅《か》いでたらお腹すいてきた！　私もガンガン焼こうっと」

と言いつつ餃子の皮を手に取り、まずは玲司さんお勧めの明太バターポテトを包もうとした。

が、慣れていないせいか具の量が多過ぎた上に、うまくヒダが作れない。

「え、何これ。ヒダどうやって作るの？」

「西依、食い意地張りすぎ。こういうのはちょろっとでいいのよ、ちょろっとで」

「そんなこといわれても、餃子なんて自分で作らないし。うわ、なんか端っこはみ出してきた」

「咲、こうやって端っこつまんで、くっつけるように折るといいよ」

莉子が実際に作って見せてくれたけれど、手つきが鮮やかすぎて全く動きが読めない。

「うぅ……莉子は器用すぎるよ……私、無理かも……」

「咲さん、貸して下さい。私がなんとかしましょう」

餃子相手に悪戦苦闘していると、玲司さんが横からすっと手を出した。

「え、なんとかしてくれるんですか？」

「はい。少し不格好になるかもしれませんが」

「じゃあお願いします！」

渡りに船とばかりにパンパンに膨らんだ餃子っぽい何かを玲司さんへ手渡す。玲司さんは餃子のタネが入っている部分を押して平べったくしたあと、端っこを綺麗《きれい》に畳んでくれた。

「出来ましたよ、これでいいですか？」

「うわ、めっちゃ綺麗に出来てる！　ありがとうございます！」

嬉々《きき》として玲司さんから餃子を受け取りホットプレートに載せていると、莉子がはぁーっと物憂げな吐息を吐いた。

「いいなぁ……そんな風に自然に手を貸してくれる旦那《だんな》さんって……」

「え？　そ、そうかな」

全く意識していなかったので戸惑ってしまった。もしかしてこれって、普通の女子なら惚《ほ》れるポイントなんだろうか。確かにすっごく助かったけど。

「私、彼氏と一緒に台所に立ったことなんてないよ」

「そりゃ、莉子は料理上手だし。一人でささっと作れるからじゃない？」

「そうかなぁ……。でもお互い役割分担して料理できるなんていいなぁって思うよ。いつもあんな風に料理してるの？」

「え？　いやぁ、まさか」

否定しない方が良かったかなと思ったけど、嘘をついてもあとが続かないから正直に答えてしまった。玲司さんも同じ考えのようで、もくもくと餃子をひっくり返しながらいつもの調子で淡々と答える。

「咲さんは帰りが遅いので、別々に食事をしていますよ」

「えぇ～一緒にご飯食べないんですかぁ？　玲司さんの作った餃子こんなにおいしいのに～」

窓花ちゃんがいつの間にか焼き上がっていた正統派餃子をかじりながらいう。確かに今私が食べている明太バターポテトもかなり絶品だ。

「あー私、帰り遅いし。でもこんな美味しい餃子《ギョーザ》作れるなら私の分も作ってもらいたいかも」

「別に、構いませんが」

さらりと答えるのでこっちがたじろいでしまった。

「え、でも負担になるんじゃないですか？」

「こういう料理なら一人分でも二人分でも大して変わりませんし」

「あ……じゃあお願いしようかな……」

私たちのぎこちない会話を聞いていた窓花ちゃんが、弾《はじ》けるように笑い出した。

「あはは、やっぱり二人って面白いですねぇ～！　なんか夫婦っぽくなーい！」

(だって仮面夫婦ですし！)

――とはさすがに言えないけど。

「でも、二人とも息がぴったりに見えるけどなぁ。なんかお似合いだよね」

「えぇ……」

莉子に言われて思いっきり顔をしかめてしまった。お似合い。そんな風に見えるとは。

「そうねえ。アンタ達、なんか変だけど妙にハマってるわよね。きっとウマが合うのね。一番大事なことよ」

店長が餃子の皮で海老《えび》をくるくると巻きながら同意する。

（そうなんだ……）

自分達が他人からどう見えるかなんて考えたこともなかったので衝撃だった。

玲司さんはもくもくと餃子を包んで焼いている。その端整な横顔からは、店長や莉子のコメントに対してどう感じているのか全く分からない。もしかしたら何も考えてないのかもしれない。

（まぁでも、変な返事で引っかき回されるよりはいいのかも）

と、この件についてはこれで終わりだろうと思っていた矢先だった。

「あのぉ、二人とも、相手のどこが好きで結婚したんですかぁ？」

窓花ちゃんの地雷原を駆け抜けるような質問が飛びだし、私は飲んでいたジンジャエールを噴き出しそうになってしまった。

「…………」

「ちょっと西依、なんで黙り込むのよ」

「あー……えっと……」

助けを求めるように玲司さんを見ると、彼も考えあぐねているらしく眉間《みけん》に指をあててうつむいている。

（うわぁ、どうしよう）

こういう質問が飛んでくるのは想定していたのに、答えを用意していなかったのは私の失態だ。

昨日ミーティングをしておくべきだっただろうか。などと考えていると――

「……素直に感情を表現するところ、でしょうか」

玲司さんの口から思いがけない褒め言葉が出てきて、思わず変な声が出そうになってしまった。でも今は乗っかっておいた方がいいだろうと判断して慌てて同意を示す。

「わっ、私も！　玲司さん相手だと気を遣わなくていいからのびのび過ごせるの！」

「そうですね。確かに脱いだ服はそのままですし、時々栄養ゼリーの蓋《ふた》がなぜか床に転がっていたりしますね。しかも一つではなくて複数」

「……あの、そういうのって、せっかく綺麗にまとまりそうだったのに、それいらなくないですか⁉」

莉子がおずおずと玲司さんに尋ねた。玲司さんはふむ、と小さくつぶやいてから口を開く。

「……あの、そういうのって、嫌にならないんですか？　思っていたのと違うって、がっかりしたり怒ったりしないんですか？」

「確かに人としてだらしないと思いますし、しっかり片付けて欲しいと思います。ですがそれはマナーの問題ですから、人格否定には繋《つな》がりません。そもそも思っていたのと違うというのは何でしょうか？」

「だって、初めて会ったときに思うじゃないですか。優しそうとか、しっかりしていそうとか、大人しそうとか、そういうイメージっていうか。それを裏切られたらがっかりしませんか？」

莉子の声はなんだか妙に力がこもっている。もしかして健太郎とのいざこざを思い出しているのかもしれない。

「服装に気を遣っていない人だなとは思いましたが。初めてお会いした時はホラー漫画のような絵がプリントされたTシャツを着ていましたしね。ですがその人の本質は一緒に暮らしてみないと分かりません。ただ、彼女ならば大丈夫だろう、という確信はありました。それがあれば、ズボラなのも服装が珍奇なのも些末《さまつ》なことに過ぎませんから」

「まだそれ引きずってるんですか!?　もういいでしょう!?」

「失礼、あまりにもインパクトがあったので」

私たちのやりとりを聞いていた莉子が、くすくす笑い出した。

「あんた達、おかしい」

「でも、西依の本質すっごい分かってるわよね、玲司さん。この子ズボラで好き勝手生きてるけど妙に人好きするっていうか。だから採用したんだけど」

「店長……それ、褒めてるって受け取っていいんですかね……？」

「あんたの数少ない長所じゃない？　まぁ面接の時の『人を笑顔にするスタイリストにな

りたいんです！』って志望動機はひねりがないわねぇ〜って思ったけど」

「わぁあああああ！　やめて！　若気の至りをここで晒《さら》すのやめて下さい！」

店長の口を慌てて塞《ふさ》ごうとしていると、玲司さんが餃子を食べる手を止めてじっと私を見た。

「そんな動機で美容師になったんですか？」

「わっ……悪いですか⁉」

「いえ。もっとお話を聞かせて欲しいと思いまして」

（プライベートに踏み込まないんじゃなかったの⁉）

と思ったけれど、皆がいる手前口に出来ない。まさかそんなところに興味を持つとは思っていなかったのでそれも意外だけど。

「この子ねーえ、アタシに憧《あこが》れて面接に来たって言い出したのよね。『どうせなら尊敬している人の下で働きたいんです』って。初めはお世辞かと思ってそりゃあもう疑ったわよぉ〜」

どうにか話をそらそうと考えていたのに、店長が私の代わりにべらべらと喋《しゃべ》りはじめてしまった。こうなるともう止められない。

（うぅ……店長め……）

「そうなのですか？」

「……はぁ、まぁ……。店長、雑誌やセレクトショップのヘアメイクもたまにやってて……たまたま見た雑誌に店長の仕事が載ってて、スタイリングのセンスが好きだな、こういうのいいなって思って」

「それは、店長さんのように、メディアに出るような仕事がしたいということですか？」

玲司さんの鋭い突っ込みは止むことを知らない。

なんだか再び面接を受けているような気分だ。おまけに窓花ちゃんや莉子、昴流くんも私の話に興味津々だし。

(なに、この拷問みたいな状態は!?)

もう許して欲しいけど、皆の視線がもっと話せと無言で圧力をかけてくる。ああ店長のバカ。一生恨むほどじゃないけど一ヶ月くらいは恨んでやる。

「ええと……それもちょっとはありますけど……。ヘアメイクの仕事も大切だけど、お客様を素敵に変身させるのが自分達美容師の仕事だ、って店長がインタビューで言ってたのがすごく……かっこよかったというか……。今はまだ未熟だけど、いつか私もそんな風に、センスや技術をしっかり身につけて、お客様の理想を叶《かな》えられる美容師になれたらっておもっ……げふっ！」

私は最後まで言葉を紡げなかった。なぜならば顔を真っ赤にした店長が私の背中を全力でぶっ叩《たた》いたからだ。

「やーだ——！　もーぉ——！　西依ったらぁ——！　そうゆうのは早く言いなさいよぉー！」

「げほっ、げほっ……！　店長、渾身《こんしん》の一撃放ちましたね……」

「店長、そんなカリスマだったんだ。知らなかった……」

莉子は本気で驚いて目を丸くしている。

「わたしもびっくりしましたぁ～」

窓花ちゃんも同じく目をぱちぱち瞬かせて、顔を赤らめた店長を見ている。

「まぁ、無料のミニコミ誌のインタビューだったしね。それに、雑誌やアパレルの仕事って言ってもウチの近所のお店やら商店街の人に頼まれただけだから、アンタ達が思ってるような華やかなモンじゃないわよ」

店長はさらりと、耳横で束ねたやけにサラサラの髪の毛をかきあげた。なんでもないような素振りをしているけど、目の下がまだちょっとだけ赤い。やっぱり照れているようだ。

そしてそれを受けて、玲司さんは真面目くさった顔で私へ再び話しかけて来た。

「それで、今のお店で従業員として働き始めたんですね」

「そう……ですね……」

「もともとは何故美容師になろうと思ったのですか？」

これで終わりかと思ったのにまだあるらしい。もしかして玲司さんってすっごいドSなんじゃないんだろうか。

「いや……ありふれてるんで、別に聞いても面白くは……」

「ここまで来たら聞きたいッスねー。咲さんの美容師ヒストリー」

お茶を濁して逃げ切ろうとしたのに、昴流くんの包囲網が私を阻む。なんでこんな時だけ息がぴったりなんだろう。

仕方ないので、私は絞り出すような声で語り始めた。

「それは……私すっごいくせっ毛で……っ。高校生になってバイト代貯《た》めて縮毛矯正した時のスタイリストさんがすごく優しくて……自分もこんな風に、お客様が自分の容姿に自信が持てるようになるお手伝いがしたいとおもっ……ああもう、これ以上は勘弁してください」

「何故ですか？」

「……真面目にっ、自分の仕事について語るのはっ、慣れてないんですっ！　しかも本人の前でこんな……うぅ……。せめてお酒を飲んでいればまだ、ごまかせたのに……」

あまりの辱めにテーブルに突っ伏すと、莉子がいたわるように背中をぽんぽんと叩いてくれた。

「いいじゃゃん、そういう理想を持って働けるってさ。私なんてドラマに憧れて美容師になりたいって思ったくらいだしさー」

「わたしも、人の髪の毛いじるのが好きなのでなんとなーくやってたんですけど、咲先輩のお話聞いて夢が出来ましたぁ〜。店長に色々習ってぇ、昴流のバンドのヘアメイクが出来るようになりたいですっ」

「あー……オレのバンド、メイクはそんな濃くないけど……髪型はセットして貰《もら》えると助かるな」

「うんっ、頑張る〜」

ラブラブオーラを出している二人のおかげで余計起き上がるタイミングを失ってしまった。

小刻みに震えている私の顔をのぞき込み、玲司さんが平坦《へいたん》な口調で謝罪する。

「……とても恥ずかしいことを聞いてしまったようで、申し訳ありません」

「いえ……もういいです……。別に重大な秘密でもなんでもありませんし」

「ですが、あなたの仕事に対する真摯《しんし》な姿勢は、尊敬すべき点だと思いました」

ちらり、と顔の下に重ねた腕の隙間から玲司さんの表情をのぞき見る。うん。至極真顔だ。しかも目がちょっと輝いてない？　もしかして私の話に素で感動したんだろうか、この人は。

「尊敬かぁ……はぁ、旦那《だんな》様にそんなこと言われてみたいなぁ〜」

私達の会話を聞いていた莉子が、また熱っぽい目になってため息をついた。莉子は私達夫婦に夢を抱きすぎてる気がする。

「お互いを尊重しあえる関係ってなかなか築くのが難しいわよ。アンタ達、ずっとそのままでいて欲しいわ」

莉子だけじゃなくて店長までなんだか感じ入っている。そんなに感心されるところなのか、これは。

「結婚っていいねぇ〜。わたしも結婚したくなっちゃった。ねっ、昴流♪」

「あー……うん。そうだな」

昴流くんは腕にしがみついて上目遣いで見上げる窓花ちゃんと見つめ合っている。こういうとき照れて腕を振りほどかないのは、バンドマンだからだろうか、それともそういう世代なんだろうか。

「アンタ達、見せつけてんじゃないわよ」

ラブラブぶりを隠さない二人を、店長が思いっきりにらみつける。

「えへへ、ごめんなさぁい」

「さあ、どんどん食べて下さい。まだまだタネはたくさんありますから」

玲司さんがボウルの中に残っているタネを餃子《ギョーザ》の皮で次々包んでホットプレートに並べていく。食欲旺盛《おうせい》な昴流くんが真っ先にそれに食いついた。

「あ、いただきます」

「余ったら包んで差し上げますのでぜひ持って帰ってください」

（玲司さんってこうして見てると……お母さんみたい……）

こんなにかいがいしく人の世話を焼く人とは思わなかった。もしかして私の世話も焼きたくてうずうずしてるから、あんなに生活態度について指導されたのだろうか。いやそれは穿《うが》ち過ぎだろうか？


ひとしきり食べて飲んだあと、餃子パーティーはお開きとなった。

「咲、今日はありがとう。楽しかったよ」

「ごちそうさまでしたっ！　美味しかったッス！」

「咲先輩、今度はたこパしましょうねー」

「玲司さんのお土産餃子、大事にいただくわ」

「うん、私たちも楽しかったよ、またやろうね」

皆をマンションの下まで見送り、手を振る。

「こちらこそ楽しい時間をありがとうございました。お気をつけて」

私と並んだ玲司さんは深々とお辞儀をし、莉子たちを送り出した。皆の背中が見えなくなってからようやく頭を上げる。こういうところ、すっごい接客業ぽい。

「お騒がせしちゃってすみません」

「いえ、ああいう集まりは久しぶりなので楽しかったです。皆よい人達ですね。窓花さんの仰っていた通り、次はたこ焼きパーティーを催すのも良いかもしれません」

　玲司さんからそんな発言が出てくるとは思っていなかったので、口をあんぐり開けてしまった。

「……なぜそんな顔をするのですか？」

「いえ、玲司さんって人嫌いなのかと思っていたので」

「あなたは私を独善的で神経質な人間と思っているようですが、合っているのは後者のみです」

（神経質は自覚してるのか……）

　それにしても、莉子が言っていた『思っていたのと違う』は、いい意味で裏切られたかもしれない。こんなに楽しく玲司さんと料理したり、皆とパーティー出来るとは思っていなかったから。お陰で私も前より玲司さんと打ち解けてしまった。なんか悔しい。

「そういえば、さっき窓花ちゃんに聞かれたとき答えてた私の好きなところって、本心ですか？」

「そうですが、何か？」

　玲司さんはさらりと一ミリの照れもなく言ってのけた。ああ、こういう所がこの人卑怯《ひきよう》だわ。これは何も知らない女子は好きになるわ。まぁ多分、『好き』っていうのは『評価する』って意味なんだろうけど。

「さて、では後片付けをしましょう」

「そうですね。あ、あとでお疲れ様会がてらビールでも飲みませんか？　昴流くんがバイクで来たって言うから出せなかったので」

「私はあまりお酒は飲みませんが、一杯くらいならお付き合いしますよ。先ほどお酒が入っていないのにどうとか仰っていましたし」

「うぅ……あのことは一刻も早く忘れてください……。そもそもプライベートに踏み込まないってルール作ったのは玲司さんなのに、あれは反則ですよ」

「申し訳ありません。皆さんの会話を盛り上げるために、流れを受けて聞いておいた方がいいのかと思いまして」

「そんな気は遣わなくていいですから！」

などと言い合いながら並んでマンションのエントランスへと向かう。なんだかすっごい仲良し夫婦っぽい。でも仮面とはいえ夫婦なんだし、たまにはこういうのも悪くないかもしれない。

＊＊＊

楽しかった餃子パーティーから一夜明けたあと。出勤してスタッフルームに荷物を置きに行くと、先に来ていた莉子の服装が昨日に引き続きとっても原宿系になっていた。カーテンみたいにレースがついたトレーナー地のワンピースを着て、頭のてっぺんでお団子なんか作っている。もしかして昨日は玲司さんや昴流くんがいるから、あれでも遠慮していたのだろうか。

「どうしたの、莉子。もしかして新しい彼氏出来たの？」

「違う違う！　なんかもう、人に気を遣うのはいいかなーって思っただけ。あんたの旦那さんにこの格好褒められたしね」

莉子は、頭のてっぺんに乗っかったお団子を撫《な》でて照れくさそうに笑った。

「まさか莉子、玲司さんに惚《ほ》れた……？」

「いやいやいや！　あの人は咲じゃないと無理だよ！　でも、二人を見てたら無理して好かれようとか、相手のイメージに合わせようとするのバカバカしいのかなーって思ってさ。なんか、楽につきあうって概念がなかったから、あんた達の関係がいいなぁと思ったんだよね。そういうのもありなんだ、って」

莉子はなんだかさっぱりした顔をしている。彼女なりに何か悟ったのだろうか。

「まぁ、莉子が元気出たなら良かったよ」

「うん。この格好のあたしでも好きになってくれる人を探す！　その方が長続きしそうだし、楽につきあえるもんね」

「うんうん、楽が一番だよ」

などと話していると、店長がドアを開けてぬっと顔を出した。

「ちょっと、西依。アンタにお客さん来てるわよ。ご指名ですって」

「え、まだ開店前ですけど」

「まぁ、出勤前に来てくれたみたいだし融通利かせてあげて」

「はぁ……」

なんだかよく分からないままフロアへ出ると、椅子に腰掛けている男性の後ろ姿が見えた。

（なんかこの後頭部、見覚えがあるような……）

と思いつつ彼の席へと近づく。

「お待たせしましたー。ご指名ありがとうございます」

そして鏡越しに映った顔を見た途端、ぎょっとして固まってしまった。

「……玲司さん⁉」

「おはようございます。出勤前に髪の毛を整えようと寄ってみたのですが、開店前だったそうで。失礼いたしました」

「いや、それはいいんですけど、どうしてうちの店に」

「実は昨日、須永様がカウンセリングのお礼にと私にお店のカット割引券を下さいまして。せっかくなので切っていただこうと思ったらなぜかあなたが出てきたのです」

さっき、店長がいそいそと私を呼びに来たのはそういうことか、とやっと合点がいった。多分店長なりに気を利かせたのだろう。知ってたらノコノコ出てこなかったのに。

「わぁー玲司さんだぁ。どうしたんですかぁ？」

またもやギリギリで出勤してきた窓花ちゃんが、私たちの後ろで立ち止まって鏡越しに玲司さんへ話しかけている。遅刻を叱りたいが、相手が玲司さんとはいえお客様の前なのでさすがに出来ない。

「これから咲さんに髪の毛を切っていただくのです」

「わぁーそうなんですねぇ♪　わざわざこんな早くから来るなんて、やっぱり仲良しですねぇ〜」

玲司さんに気づかれないよう、軽く窓花ちゃんをにらむ。私が静かに怒っている気配を感じ取ったのか、窓花ちゃんはそそくさとスタッフルームへ向かった。

「じゃあ成嶋さん、シャンプー台へどうぞー」

玲司さんにケープをかけてシャンプー台へと誘導する。忙しいときは窓花ちゃんにやってもらうんだけど、まだ開店前でお客さんがいないし、全部一人でやっても問題ないだろう。

「かゆいところはございませんかー」

「ええ、とても気持ちいいです」

粛々とシャンプーをこなす私を、店長以下三人が開店準備をしながらちらちら見ている。

（めっちゃくちゃやりづらいんですけど！）

よかれと思ってやってくれてるであろうことは予想がつくから余計に面倒だ。でも仕事は仕事、私情を持ち込んではいけない。いつも通りにやろう。

「今日はいかがなさいますか？」

シャンプーとタオルドライを終えて席に戻した玲司さんの横から、さりげなく好きそうな雑誌を数冊置いて尋ねる。

「そうですね、現状維持でお願いします」

玲司さんは『すぐ出来る！　時短レシピ』と銘打たれた主婦向けの雑誌を食い入るように眺めている。

好きだろうなと思って置いたんだけどやっぱり食いついて来てくれたので、心の中でガッツポーズを決めてしまった。お客様が読む雑誌の好みを当てられるとなんだか嬉《うれ》しくなる。

「では一～二センチほど毛先をカットして整える程度でよろしいでしょうか？」

「はい、お願いします」

オーダーが決まったので、玲司さんの髪の毛をヘアクリップで留め、傷んでいる毛先をハサミでカットしていく。

「れいじさ……成嶋様の髪の毛、さらさらでとても綺麗《きれい》ですね」

「そうですか？　確かにセットにあまり手間をかけたことはありませんが」

「ええ。とても素直な毛根をお持ちで」

性格と違って、という言葉を飲み込んで、毛先を整えていく。さらさらといっても男性なので、女性の髪の毛よりは硬質だけれど、それでもコシがあって艶《つや》やかな髪の毛は、触っているとうっとりしてしまう。私の髪の毛は猫っ毛でクセが強くてはねやすいので、生まれ変わったらこんな髪質になりたいな、なんて憧《あこが》れるのだ。

「成嶋様は髪の毛のお手入れ何かされてるんですか？」

「いえ、普通にドラッグストアで購入したシャンプーを使っておりますが」

「コンディショナーも使った方がいいですよー。せっかく綺麗な髪の毛なのに傷んじゃいますから」

「成程。では帰りにコンディショナーも購入していきましょう」

普段の会話からは想像できないくらい、スムーズに世間話が進んでいく。お客さんとして玲司さんに接するとこんなに会話が楽なのか。でもだからって家でこのモードで会話なんかしてたらお互い疲れてしまうと思うけど。

全体のカットを終わらせて最後の仕上げに入ろうというところで、ちょうどドアが開いてお客さんが入ってきた。

「いらっしゃいませー。あっ、三上《みかみ》さんこんにちはぁ～」

窓花ちゃんが受付カウンターにすっと入ってお客さんの相手をしてくれる。三上さんはたまに来る六十代くらいの女の人だ。おしゃべり好きで担当するとずーっと喋《しゃべ》っている。

「あら、今咲ちゃんは空いてないのね。今日は咲ちゃんに髪の毛切ってもらおうと思ってたのに」

「あっ、ごめんなさい。あと十分くらい待って貰《もら》えたら終わりますので！」

玲司さんの髪の毛をドライヤーで乾かしながら、三上さんの方を振り向いて答える。私につられたのか、玲司さんも一緒に三上さんの方を向いた。

「あらっ、いい男ねぇ！　もしかして芸能人さん？」

「いえ、私は咲さんの夫です」

「あら――！　咲ちゃん結婚してたのー!?　おめでとう！　こんないい男捕まえるなんてやるじゃなーい！」

三上さんがきゃーっと嬉しそうな声をあげた。

（わざわざそんな自己紹介しなくても……）

恥ずかしさで口がむずむずしてしまう。けれどこんな風に騒がれても、前より面倒だと感じていない気がする。いい加減この儀式に慣れたせいだろうか？

（いやいや、まずは玲司さんの髪の毛を仕上げるのに専念しないと）

カットをあらかた終えたあと、美しいカーブを描いた後頭部を見つめながら考える。多分いつもの七三分けは、ヘアムースで仕上げているのだろう。ぴっちりしてるけどウエットって感じでもないし。

「成嶋様、セットはヘアムースでよろしいですか？」

「はい、お願いします」

ドライヤーで乾かし終えたあと、ブラシで分け目を整えてムースをつける。もともとの髪質が素直なので、さほど手間はかからない。これで完成だ。

「いかがですか？」

三面鏡を広げて玲司さんの後頭部を前面の鏡に映るように掲げる。

「問題ありません」

玲司さんはいつもの無表情でうなずいた。でも若干口角が上がっている気がするので、ご満足頂けたのだろう。

窓花ちゃんに三上さんのシャンプーをしてもらっている間に、私は玲司さんのお会計をする。

玲司さんは財布からお札を取り出しながら、ぼそりと呟《つぶや》いた。

「あなたはとても楽しそうに、仕事をするんですね。見ていてとても気持ちがいい」

「え？　あ、はぁ……どうも」

確かに、玲司さんのさらさらヘアーにうっとりしていたけれど、彼にはそう映ったのだろうか。

「それに、昨日伺ったお話の通り、私のオーダーをしっかり汲《く》み取った良い仕事ぶりでした。また指名していいですか？」

すっかり忘れていた自分語りの件を蒸し返されて、顔が赤くなってしまった。褒められたのは嬉しいが、毎回ニヤついた店長達に遠くから見守られながらカットをするのはさすがにいたたまれない。

「……いえ、それはさすがに勘弁して下さい……」

ドアを開けて送り出そうとすると、玲司さんが立ち止まって私の方を振り返った。

「そうだ、今晩は帰りは遅いのですか？」

「いえ、そんなでもないと思いますけど」

「では、あなたの分も夕食を作っておきますので、帰ったら召し上がって下さい」

「……え。いいんですか？」

「はい。これも夫婦のつとめだと、昨日の餃子《ギョーザ》パーティーで学習しましたので」

多分莉子達が羨《うらや》ましがっていたことを『夫婦の義務』だと思ったらしい。

（なんか勘違いしてる気がするけど……まあいいか）

「じゃあ、お願いします。楽しみにしていますね。ありがとうございました」

お辞儀をして玲司さんをお見送りしながら考える。

（なんか……すっごい夫婦っぽくなってるような……？）

別れ際にこんな会話をするようになるなんて、同居しはじめた頃は予想だにしなかった。でも、険悪になって名実ともに仮面夫婦になるよりはいいのかもしれない。一生添い遂げるかどうかは別にして。

それにしても玲司さん、自分で『プライベートに立ち入らない』なんてルールを作っておいて、結構世話を焼いてくれてる気がするんだけど。やっぱりこの人、実はおかん気質なんじゃなかろうか。

第三章　肉食系妹、現る。

六月下旬、週の真ん中水曜日の午後。今にも雨が降りそうな湿気たっぷりの気だるい空気に包まれた『ヘアサロン・ソルテ』に、一人の女性客が現れた。

（うわぁ、すっごい綺麗な人）

その人が入ってきた瞬間、店内の全員の視線が彼女に集まった。

肩の上でさらりと揺れる、毛先だけ緩くウエーブがかかったダークブラウンの髪の毛。ほっそりと伸びた長い手足。そして折れそうなほどに細いウエストを強調したピンクベージュの花柄ワンピースと、まるでファッション雑誌から抜け出てきたような完璧《かんぺき》さだ。お客さんはもちろんのこと、接客中の店長や莉子《りこ》、そしてシャンプー中の窓花《まどか》ちゃんも、一瞬手を止めて彼女に見とれている。

「いらっしゃいませ、ご予約の方ですか？」

さっきお客様をお見送りしたばかりで手が空いていた私が受付に入り、彼女の応対をする。間近で見るとますます美しい。

卵形できゅっととがった顎《あご》と小さく形のよい頭蓋骨《ずがいこつ》。そして濃く長いまつげに縁取られた大きく黒目がちな瞳《ひとみ》。見つめられたら吸い込まれてしまいそうだ。まるでお人形さんみたい、という表現がこれほどしっくりくる女性はそうそういないだろう。

「いえ、たまたま看板を見かけて入ってみました。あの、予約ないと駄目ですか？」

彼女は上目遣いで私を見上げた。ちなみに声もちょっと鼻にかかった感じが愛らしい。ああ、これ自分がめちゃくちゃ可愛いって分かってる人の目つきだ。でも私が男だったらもう惚《ほ》れてると思う。

「美容師の指名が出来ませんが、それでよろしければ大丈夫ですよ。今日はいかがなさいますか？」

「あっ、じゃあカットとデジタルパーマをお願いします」

この場合、自然と受付をした私が担当する流れになる。こんな完成された人の担当だなんて緊張してしまう。もしかしたらモデルさんかもしれないし。

でも、担当になったからには、気に入っていただけるよう精一杯やるしかない。どんな時でもベストを尽くすのがプロというものだし。

「では、お荷物をお預かりします。こちらへどうぞ」

私は彼女からブランドものらしきバッグを受け取り、席へと案内した。

「そのワンピース可愛いですね。今日はどこかへお出かけなんですか？」

ひととおりシャンプーやらオーダー確認を済ませた後、パーマの準備をしながら彼女に質問する。彼女は少し照れくさそうにはにかんでこう答えた。

「実は……これから好きな人に告白しに行くんです。その前に、うんと綺麗にしておこうと思って」

あなたならこれ以上綺麗にならなくても大丈夫ですよ、という言葉を飲み込んで、驚いた反応をしてみせる。

「へえ、そうなんですか！」

「はい。ずっと好きだった人なので……実は前にも振られてるんですけど、どうしても諦《あきら》めきれなくて。すっごくかっこいい人なので、釣り合うように頑張ろうって思って」

「そうなんですね。じゃあ、彼が振り向いてくれるようにうんと綺麗にスタイリングしますね！」

「はい！　よろしくお願いします」

こんな綺麗な人を振るなんて、一体どんな男なんだろう。顔が見られるものなら見てみたいものだ。あれこれ詮索《せんさく》したくなるけど、今は彼女の理想を叶《かな》えるスタイリングへ仕上げるのに集中しよう。

「いかがですか？」

パーマとカットを終え、三面鏡で後ろ姿を確認してもらう。自分としてはオーダー通りになるように細心の注意を払ったつもりだけど、本人のイメージは心の中にしかないものだから、いつもこの瞬間は緊張する。

「まだ前のパーマが残っていたので、あまり毛先のカールがきつくなりすぎないように緩めに巻いておきました」

「とってもいい感じです！　美容師さん、ありがとうございます」

彼女は目を細めて嬉《うれ》しそうに笑った。なんとか気に入ってもらえたようだ。お会計を済ませて預かっていた荷物を渡しつつ、会員カードを作成する。

「お客様のお名前うかがってもよろしいですか？」

「ナルシマノバラっていいます」

（ナルシマって、玲司《れいじ》さんと同じ名字だ）

もしかして親戚《しんせき》？　と思ったけど、別に珍しい名字でもないし、偶然だろう。と思いつつボールペンでカードに名前を書き付ける。

ちなみにうちは別にデータ管理しているわけではないので、読みが分かればいいのでカタカナで記載することになっている。

「あの、また指名したいので美容師さんのお名前うかがっていいですか？」

「ありがとうございます。私はなる……西依《にしより》と申します。カードにも担当名を記載させていただきますね」

名前を聞かれて反射的に旧姓を名乗ってしまった。

別に結婚してるのを隠してるわけではないので今の名字を名乗ってもいいんだろうけど、なんとなく気恥ずかしくてつい旧姓を答えてしまうのだ。

それに、同じ名字同士っていうのもお互いややこしくなりそうだし。

「西依さんですね！　覚えておきます」

「はい、ぜひまたいらして下さい。告白、うまくいくといいですね」

「はい！　ありがとうございます。頑張ります！」

ドアを開けて送り出すと、ノバラさんはとびっきりの笑顔で階段を降りていった。

（振られてもまた告白するなんて、よっぽど好きなんだな）

改めて、彼女のパワーに感心する。私だったら一回振られたらもう諦めてしまいそうだ。

そもそも自分から告白した経験がないような気がする。何度か男の人と付き合ったことはあるけれど、なんとなく知り合って気がついたらなんとなく付き合っていた、みたいな感じだったし。

それはともかく、彼女の幸運を祈るとしよう。

一区切りついたのを見計らって、店長に休憩に入る旨を告げてスタッフルームへ入る。

朝コンビニに寄って買っておいた鮭おにぎりをかじりながら携帯をいじっていると、玲司さんからのLINEが入っているのに気づいた。

『今日は帰りが遅いのでしょうか？　もし定時であれば、阿佐ヶ谷《あさがや》駅前で待ち合わせて、西友で買い物をしましょう』

実は餃子パーティー以来、こういうメッセージをちょくちょく交わすようになっていた。主にあちらから『大鍋《おおなべ》料理は二人分作った方がコストパフォーマンスが良いですから』となんとか理由をつけて夕食を作るという報告LINEを送ってくる。

こちらとしても、帰宅したら食べるものがあるというのは大変助かるのでありがたくいただいているんだけれども。そして何故か、そういう時は一緒に買い物をしないかと誘ってくるようになったのだ。

『多分大丈夫だと思います。八時半くらいにはあがれます』

『では、先にアキマルで買い物を済ませておきますので、着いたら連絡を下さい』

アキマルは午後九時までには閉まってしまう。なのにわざわざ私と待ち合わせて二十四時間営業の西友にまで足を延ばそうとするのは彼なりの気遣いなのか、なんなのか。

『分かりました』と打ち返し、携帯をしまって再びおにぎりをかじった。

＊＊＊

そしてつつがなく閉店まで過ごして後片付けを終え、私は電車に乗って待ち合わせ場所の阿佐ヶ谷駅改札前まで向かった。

改札を出ると、駅ビルの前に玲司さんが立っているのが見えた。この駅は改札が一つしかないので待ち合わせには便利だ。

「すみません、お待たせしました」

「いえ、私も今来たところですから」

こんな会話もすっかりおなじみになってしまった。

玲司さんと同居生活をはじめて、約二ヶ月が経過した。

なんだかんだですっかり彼との生活にも慣れてきた気がする。相変わらず寝室はパーティションで隔てられているし、朝と夜は挨拶《あいさつ》程度しか交わさないけれど。でもこの、適度な距離で付き合える関係は理想的だし心地よいと思う。

「今日は麻婆豆腐《マーボーどうふ》にしようと思うのですが」

「あ、おいしそうですねぇ。でも面倒じゃないんですか？」

「そうですね、肉味噌《みそ》を作るのが若干手間ですが、大量に作っておけば他の料理にも転用できますので。ところで咲《さき》さんは、辛いのは大丈夫ですか？」

「あんまり辛すぎるのは食べられませんが、少しなら」

「成程、分かりました」

「そうだ、今日は私が食器洗いますよ。いつもお任せしちゃってるので」

「私は好きでやっているので、お気遣いなく」

「いえ、晩ご飯をご馳走《ちそう》になるならお礼がしたいですし」

「そうですか。それではお願いします」

などと会話をしつつ西友へと向かう。本当に仲良し夫婦のようだ。

初めは一緒に生活できるかどうかすら自信がなかったのに、不思議なものだと思う。

そういえば昔はお見合い結婚が主流で、初対面の相手と結婚するなんて珍しくなかったみたいだし、皆こんな感じでお互い距離を縮めていったのかもしれない。

「あ、そういえば玲司さん。例のレポートとやらはどうですか？　ほら、上司に提出しなきゃいけないって言ってた」

「ああ、あれですか。おかげさまで大変好評ですよ」

「そうなんですか。一体何を書いてるんですか？」

「例えば、先日の餃子《ギョーザ》パーティーの件などは、妻の友人との交流を持っているところが素晴らしいと評価されました」

「へえーそれは良かったですね」

初めに決めていた『お互いのプライベートに関わらない』という約束も割とぐだぐだになっている。ただ、とりとめのない雑談に限る、といった感じだけど。

（そういえば私、玲司さんの素性全然知らないんだよね）

初対面で契約結婚を持ちかけられたときに、『不安なら経歴書を作ってお渡ししますが』的な話をされていた記憶があるけど、それどころじゃなかったので断ってしまっていたのだ。

お陰で私は未《いま》だに彼の実家がどこかとか、家族構成だとかを一切知らないままだ。玲司さんはカウンセリングのときに私のパーソナルデータをアンケートで見ているので、私だけあれこれ知られているのはちょっと不公平な気がする。

（……経歴書って、頼んだら今からでも作ってくれるのかな）

それに遠方かつ、現状なるべく実家と関わらないでいたい私はともかくとして、玲司さんのご両親は嫁に会わせろとか言わないものなのだろうか。

なんて今更過ぎるけど、入籍だ引っ越しだとバタバタしていたので、落ち着いてからようやく気がついた次第だ。

お互いの家に挨拶、なんて面倒なイベントが発生しなくて楽は楽なんだけど。

（それに、そういう家族に関わる話って聞きづらいよねえ）

もしかしたら、放任主義のご家庭な可能性もあるし。あまり気にしない方がいいのだろう。

「思っていたよりも買い込んでしまいましたね」

「そうですね。この時間のスーパーって見切り品多くて、燃えますよね」

西友でしこたま買い込んでしまった私たちは、そろって買い物袋を持って帰路についていた。

「よく考えたら二十パーセントオフといってもさして安くなっていないんですけどね」

「そこは数字のマジックですね。私もつい騙《だま》されてしまいがちですが」

玲司さんはそういってみっちりと戦利品が詰まった買い物袋を掲げて見せた。

価値観が合致しているとは言いがたい私達だが、安売りにめっぽう弱いという点では一致しているようだ、と最近分かってきた。

「それにしても玲司さんと見切り品って取り合わせ、不思議ですよね」

「そうですか？　できるだけ安い方が消費者としてはありがたいでしょう」

「まぁ、それはそうなんですけど――」

（……あれ？）

マンションのエントランスが見えてきたところで、見覚えのある女の子が人待ち顔で立っているのに気づいた。

（あの子、確か昼間私が担当した子だよね？　なんでこんなところに？）

もしかして、告白する相手ってこのマンションの住人だったんだろうか。

しかし美容室を出てから結構な時間が経ってると思うんだけど、ずっと待っていたのだろうか？

などと思いつつ通り過ぎようとすると、玲司さんは荷物を持ったまま立ちすくんでしまった。

「玲司さん？　どうしたんですか？」

「いや……ちょっと買い忘れを思い出したので、駅前へ戻ります。咲さんは先に部屋へ戻っていて下さい」

「え、西友に戻るんですか？」

「ええ、まぁ……」

と、二人で会話していると——

「お兄ちゃん！」

女の子——ナルシマノバラさんが、玲司さんへと駆け寄ってきた。

（お、お兄ちゃん⁉）

ノバラさんは私などには目もくれず、玲司さんへ嬉《うれ》しそうに話しかけている。

「やっと見つけた！　もー探したんだから～～」

「のばら……どうしてここに？」

「今日は会社がお休みだったから、思い切って来てみたんだ。ここ、わかりにくいからちょっと迷っちゃった。ずっと待ってたけどお兄ちゃんなかなか帰ってこないし焦っちゃったよ。でも会えて良かった♪」

ノバラさん改めのばらさんはさらりと言ってのけた。どういう事情か全く分からないけれど、この子もしかしてストーカー気質ってやつだろうか。

だってこんな時間までずっと待っているなんて、ものすごい執念を感じる。間違いなく、彼女の片思いの相手というのは玲司さんなのだろう。

「ねえお兄ちゃん、私と一緒に埼玉のおうちに帰ろう？　お父さんもお義母《かあ》さんも心配してるよ？」

のばらさんはきらきらと目を輝かせ、玲司さんを見上げた。普通の男子ならイチコロの上目遣い攻撃を受けても、玲司さんは動じない。いや、正確には足が数ミリ後ずさっているので、たじろいでいるのだろう。

（すごい、あの玲司さんをビビらせてる）

「悪いがお前とは一緒に帰れない」

「どうして？」

「僕はこっちで結婚したんだ」

「え？　何それ？　誰と？」

「彼女だ」

玲司さんが私の腕を取り、自分の横へと引き寄せた。そこではじめてのばらさんは私の存在を認識したらしい。

「え、美容師さん？　なんでここにいるんですか？」

のばらさんは目をぱちくりと瞬かせた。

「のばら、彼女と知り合いなのか？」

「今日、ここに来る前に髪の毛を切ってもらったの。ねえ、なんでお兄ちゃん、この人と一緒なの？」

さっき玲司さんが説明したはずなのに、全く聞いていないようだ。のばらさんはこの事実を受け止めきれなくて、玲司さんの言葉が右から左に流れてしまったんだろう。

ああ、面倒くさいことになった。

でもこうなっては仕方ない。私は玲司さんを援護しようと口を開いた。

「えーっと……私、玲司さんと先月入籍させていただきまして……」

「え？　何でですか？」

何でですかといわれても困る。これ以上どう説明すればいいのだろうか。

美容室で話が通じないお客さんの相手をすることがあるが、まさか店外でまでそういう人種の相手をする羽目になるとは思っていなかった。

「そういう訳だから、お前もいい加減諦《あきら》めてくれ」

　玲司さんは諭すようにそう言った。こんな優しい声が出せる人だったなんて今知った。私と話してるときは機械音声みたいに抑揚がないのに。

「……やだ」

「のばら、わがままを言わないでくれ。無理なものは無理なんだ」

「そう言うと思ってた。私、絶対諦めないから」

　のばらさんはきっと私をにらみつけた。

「こんなお化粧で盛ってるような人、すぐに化けの皮が剝《は》がれるよ。そしたらお兄ちゃんもきっとこの人のこと見損なうんじゃない？」

　まさかそんな方向から攻撃されるとは思わなかった。この人の心を絶妙にえぐるところは玲司さんにそっくりだ。

「でも、ここで騒いだらお兄ちゃんに迷惑がかかるもんね。また来るから。じゃあね」

　のばらさんはそう言い残すと、私たちにくるりと背を向けて歩き出した。

「あの……玲司さん。何が起こったのか私にはさっぱり分からないんですが」

「申し訳ありません。部屋に戻ってから説明します」

　玲司さんは買い物袋を持ち直し、ぎくしゃくとオートロックの鍵《かぎ》を開けてさっさと一人でエントランスの向こう側へ消えてしまった。

（……取り乱してるなぁ）

＊＊＊

ひとまず荷物を冷蔵庫に入れた後、私たちはダイニングテーブルを挟んでそれぞれの席についた。

「本当に、申し訳ありませんでした」

玲司さんはテーブルに頭がつきそうなくらいの深い深いお辞儀をした。

「いえ、そんなに謝らなくても。ただ私は事情を説明して欲しいだけなので」

「……事情、ですか。かなり込み入ってるので、どこから説明すれば良いのか」

「じゃあ私から質問します。あ、もちろん例の約束に抵触しそうならノーコメントでいいので」

「わかりました。あそこまで見られてしまっては今更なので、質問には全てお答えしますよ」

玲司さんはどことなく諦めのオーラを漂わせている。かつては血も涙もないように見えていた人が、こんなに憔悴《しょうすい》しきった顔をするなんて。のばらさん恐るべし、だ。

「まずは玲司さんとのばらさんの関係を教えてください」

「のばらと私は義理の兄妹《きょうだい》です。私は幼い頃両親が離婚しておりまして、母親が女手一つで私を育ててくれました。私が高校生になった頃、良い出会いがあり、今の義父《ちち》と再婚しました。彼の連れ子がのばらです」

「つまり、二人は血が繋っていないんですね」

「そうなりますね」

でも、あの毒舌ぶりは玲司さんそっくりだったけど。一緒に暮らしているとそういう所も似てくるものなのだろうか。

「のばらさんはどうしてあんなに玲司さんが好きなんですか？」

「……一目惚《ぼ》れ、だそうです」

「一目惚れ！」

思わずオウム返しで叫んでしまった。そんな形で恋に落ちる人種が実際にいるなんて。

「失礼ですがそんな運命的な出会いだったんですか？」

「のばらはそう言っていました。初めて会ったときに私が王子様に見えたと」

「王子様！」

またまた私の人生とは無縁な言葉が飛び出した。そういえば美容室での彼女はずっと夢見るような瞳《ひとみ》で好きな人（相手は玲司さんだったんだけど）の話をしていた気がする。

「それで、ずっと玲司さんを好きなんですね」

「はい。『大きくなったらお兄ちゃんのお嫁さんになる』というのがのばらの口癖でした」

「義理の兄妹なら、法的には問題ないらしいですもんね」

「はい。のばらも調べて知ったらしく、それを盾に結婚を迫ってきました。ですが、私はどうしても彼女を妹以上に思えません。そもそも小学生のときの一目惚れなど、はしかのようなものです。だからいつかは目が醒《さ》めてくれるだろうと思ったのですが——」

「醒めなかったんですね」

玲司さんは黙ってうなずいた。

「それどころか、どこで覚えてきたのか実力行使に出るようになりました。さすがに身の危険を感じたのと、万が一過ちが起こってはのばらを傷つけるし両親にも顔向けが出来ない、そう思って私は、大学進学を機に家を出ました。ですが今度は私が当時住んでいたアパートまで押しかけてくるようになりました。ですから私は大学卒業後実家とは連絡を絶ったのです。就職や賃貸契約の保証人は実父に頼めたので助かりました」

想像以上にヘビーな事情に、なんと反応していいかわからず黙り込んでしまった。多分玲司さんなりに平穏な家庭を壊したくないと考えた結果なのだろう。母親の再婚で出来た家族ならなおさらだ。

「……ここまで話してしまっては、もう隠しておくのも無意味でしょう。私があなたと結婚して一緒に暮らそうと申し出たのは、のばらに諦めて貰うためです」

「え⁉ そうだったんですか？ なんでまたそこまでしようと思ったんですか？」

「のばらから連絡があったのです。私の連絡先をやっと探し当てたと。両親に聞いても何も知らないから、私の高校時代の友人をしらみつぶしに当たったそうです」

「うわぁ……」

素でドン引きしてしまった。確かにそれは私との結婚と同居を急いだのも分かる。いつ来るかわからない相手を迎え撃つためには、なりふり構っていられなかっただろうから。

「あ……。じゃあ上司に報告書を出せとか、昇進に関わるって言われたって話は……」

「……そんな事実はありません。確かにお客様が私に恋愛感情を抱いてトラブルに発展する例はありましたが。それは私に限った話ではありませんので」

玲司さんの顔は苦悩に満ちていた。

「どうして、そんな嘘を」

「カウンセリングの時のあなたの外見や私との会話での反応を見ていて、おおらかで細かいことは気にしない人なのだろうという印象を持ちました。だからこそ、私はあなたに契約結婚を持ちかけたのです。ですがさすがに、初対面の人にこんな事情は話せないと思い、苦し紛れに口実を作りました。正直に伝えたら、きっと断られるだろうと思ったのです。あなたを騙《だま》してしまい本当に申し訳ありません」

「…………」

「これで、事情はおわかりいただけたでしょうか」

「……ずるいです」

気づけば、そんな言葉が唇から漏れていた。

どうしてだろう？　玲司さんの事情は理解出来たし仕方ないと思うのに、腹立たしくてしょうがない。

「どうしてそんな所だけ遠慮するんですか？　初対面のときからさんざん、私に心ない言葉を浴びせてきたじゃないですか！」

「私はそんなに無礼を働いていたのですか？　でしたら失礼いたしました」

「今更謝られても困ります！　それに、こんなのフェアじゃないです。確かにプライベートには踏み込まないと約束しましたが、私はあなたに隠し事なんてありません。なのにあなただけこんな大事なことを今まで黙ってたなんて。のばらさんが来なかったら一生隠し通すつもりだったんですか？」

「……返す言葉もありません」

玲司さんはそれだけ言ってうなだれた。自分でもどうしてこんなに腹が立つのか分からない。

そもそも、私だって両親の目をごまかしたくて結婚したのだから、彼の素性も事情もどうだっていいはずなのに。

「初めに嘘をついたのはいいです。あなたの言うとおり、初対面でそんな事情を話されたら腰が引けますから。でも、もう一緒に暮らして二ヶ月くらいは経ってるんだから、ミーティングとやらで打ち明けてくれたっていいじゃないですか。いつもあなたの言っている通り、私はがさつでずぼらで、人の事情なんてお構いなしの人間です！　だからあなたがどんな事情を背負ってようが気にしません！　もっと私を信用してください！」

玲司さんがきょとんとした顔で私を見た。自分でもこんな言葉が出てくるなんて驚きだ。彼に信用して欲しいと思っていたのか、私は。

「……信用」

「……信用です。一応お互い夫婦なんですから。こういう大事なことは話して欲しいです。別にそれが原因であなたと離婚したりはしないつもりです」

「わかりました。では『隠し事をしない』もルールに加えておきましょうか」

「そうしてくださると助かります。それと」

「はい？」

「私の前でも、のばらさんと話してるときみたいに普通で構いませんから」

「……わかりました」

玲司さんはそう言うと、立ち上がって寝室へ戻ってしまった。

「……はぁ」

ひとまず話を終えて椅子にぐったりともたれかかる。今日は色々ありすぎた。何より驚いたのは、自分が玲司さんの嘘に対して心をかき乱されたことだ。書類上だけの夫で、実質ただの同居人くらいに思っていたはずなのに。

(でもこんな大きな嘘つかれたら、相手が誰でもきっとむかつくよ。うん)

じゃあ、なんでのばらさんと親しげに話して『僕』なんて言ってる玲司さんにまで腹を立てたのだろうか？　別に今まで通りでも支障はないはずなのに。

(あーもう。訳わからなくなってきた)

きっと疲れてるせいで余計なことばっかり考えてしまうのだろう。今日はさっさと化粧を落として、シャワーを浴びて寝てしまおう。


——それから一週間ほどが経った。あれ以来のばらさんからの連絡は途絶えたらしく、ひとまず嵐は去ったと胸をなで下ろしていた。

だが、そう簡単に話が終わるはずもなかった。

「西依さーん、お届け物でーす」

「え、私にですか？」

(私、何か通販頼んでたっけ？)

店にいつも来る宅配便のお兄さんから荷物を受け取る。家より店にいる時間の方が長いので、軽い荷物なら店宛に送ってもらうときもある。なので別段何の疑問もなく受け取りサインをして荷物を引き取った。どこからだろうと改めて伝票を確認すると、『ランプスタッフ株式会社』という会社名と住所が記載されていた。

（え、何これ。確かここって派遣会社だよね？　なんでそんなとこから）

もしかして、気がつかないうちに資料請求でもしてしまったのだろうか、と箱を開けると――

『お兄ちゃんと別れてください。これは警告です。のばら』

と、真っ白なＡ４大のコピー用紙にマジックででかでかと書かれた紙切れが一枚、中に入っていた。

（うわぁ……ベタな少女漫画みたいな嫌がらせ）

玲司さんに何を言っても無駄だとわかっているから、私に矛先を向けたらしい。なんともわかりやすい子だ。

でも、残念ながらこの程度で震え上がるような繊細な神経を私は持ち合わせていない。よって、のばらさんの警告むなしく、この手紙はさっさとゴミ箱行きになってしまったのだった。

それから後も、のばらさんの遠隔嫌がらせは続いた。

何故か店に私の名前で宅配ピザが大量に届いたり（店長が食べたいというので一枚だけ買い取って残りは誤発注ということで頭を下げてお引き取り願った）。店に入ってきた知らない男の人に『さっきすっごい綺麗《きれい》な女の人に、お兄ちゃんと別れてって西依って人に伝えて下さいって頼まれたんですけど』と言われたり（美人に可愛くおねだりされて、ついお願いを聞いてしまった、と彼は供述していた）。

困るといえば困るような、でも気にしなければ気にならないような微妙な嫌がらせが数日おきに続いていた。

ただ私が対応すればすむことばかりだし、そのうち飽きるだろうと高をくくっていた。

これがいけなかった。

「西依ーアンタご指名だって。今空いてる？」

休憩中、いつものようにスタッフルームでおにぎりを頬張っていると、店長が私を呼びにやってきた。

「あ、はい。すぐ行きます」

慌てておにぎりをペットボトルのお茶で流し込み、フロアへと戻る。受付カウンターの隣に設置されている待合用のソファーに腰掛けている人物を見た途端、私は目を疑った。

「こんにちは、西依さん♪」

そう。そこにいたのは、成嶋《なるしま》のばらさんご本人だったのだ。

「いらっしゃいませ、本日はどうなさいますか？」

さすがに顔がひきつってしまったが、お客様としていらしたのにお引き取り願う訳にはいかない。

「そうですねぇ、カラーお願いしていいですかぁ？」

「カラーですね。かしこまりました。ではシャンプー台へどうぞ」

出来ればのばらさんとの接触を一秒でも減らしたいところなのだが、あいにく窓花ちゃんは他のお客様のシャンプー中だ。私自ら彼女のシャンプーをやるしかない。

私はのばらさんをシャンプー台へ案内し、洗髪を始めた。

「かゆいところはございませんかー」

「そうですねぇ、あなたの存在がむずがゆくてイライラしますねぇ」

「どの辺りがかゆいか、具体的に教えていただけませんかー？」

「見てるだけで虫唾《むしず》が走りますねぇー」

「あ、このへんもうちょっと重点的に洗っときますね」

のばらさんのイヤミをことごとくスルーしてシャンプーに専念する。

隣でシャンプーしてる窓花ちゃんがぎょっとした顔で私たちを見ているが、ここでのばらさんの挑発に応じたら負けだ。多分店でトラブって私をいづらくさせるのが目的だろうし。

「はーい、じゃあ本日はどのお色になさいますかー」

シャンプーを終えて施術台の椅子にのばらさんを座らせ、カラー見本表を差し出す。

「あなたの顔を真っ黒に塗りたくってもいいですかぁ？」

「肌への塗布は禁じられておりますので。それでどの色になさいますか？」

「店長さぁん、この人私のオーダーを通してくれないんですけどぉ」

（うわ、店長に火の粉が！）

「お客様、どうなさいました？」

店長が慌ててこちらへ飛んできた。のばらさんは髪の毛をかきあげ、視線で私を指し示す。

「この人、さっきから私のお願い全然聞いてくれないんです。客の希望に応《こた》えるのが美容師さんじゃないんですか？」

「そ、それは失礼いたしました。もしご満足いただけないようでしたら今から美容師を変更することも可能ですが」

私たちの異様な会話を聞いていたのだろう、店長はアルカイックスマイルを浮かべて無の境地でのばらさんへ応対している。下手に刺激するとまずいとわかっているのだろう。

「嫌です。この人にどうしても言うこと聞いて欲しいんです」

のばらさんはどんどん不機嫌になっていく。

ああもう、私はともかく無関係の店長を巻き込むとは卑怯《ひきょう》すぎる。さすがにもう限界だ。

「すみません。ご希望につきましてスタッフ同士で検討いたしますので、お時間いただいていいですか？」

私も店長同様無の微笑みを貼り付け、店長へ目で訴えかける。何かを察した店長はうなずき、二人揃ってスタッフルームへと逃げ込んだ。

店長にかいつまんで事情を話して頭を下げ、ビルの階段の踊り場へのばらさんを連れだして一対一で話し合うことになった。

「……あの、さすがにこういうのはやめていただけませんか。他のお客様の迷惑になりますので」

のばらさんは勝ち誇ったようにふっと笑った。

「ふふ、これでやっとあなたとお話できるわね」

「玲司さんとは離婚しませんよ？」

時間がないので単刀直入に切り出すと、のばらさんがぎりっと歯ぎしりをした。玲司さんと違ってすっごいわかりやすいな、この子。

「お兄ちゃんはあなたのことなんか好きじゃないと思います。今離婚しておいた方があなたのためじゃないんですか？」

「玲司さんがそう言ってたんですか？」

「言ってないですけど、あなたなんかじゃ釣り合わないです。皆そう思ってるんじゃないですか？」

「……店の人間には『お似合い』って言われましたけどね」

挑発に乗ってはいけないとわかっているのに、ついカウンターパンチを繰り出してしまった。そもそも皆って誰なんだか。

「そ、それは気を遣ってるのよ。そもそも見た目が釣り合ってないもの」

「はぁ……見た目だけで結婚って出来ないと思いますけど」

「でも、生まれてくる子の容姿に影響するでしょう？　私とお兄ちゃんなら、きっと私たちの遺伝子を受け継いだ最高の子供が生まれてくると思うの」

「遺伝子！」

あまりの強すぎる語感につい叫んでしまった。そんな基準で相手を選ぶ人がこの世にいたなんて。

「とにかく、お兄ちゃんには私の方がふさわしいと思うの。釣り合わない人と付き合ってもあなたもつらいでしょ？　ね？」

のばらさんは妙に優しい口調で私を諭しだした。

なんだろう、のばらさんと話してるとすごくモヤモヤする。玲司さんにずっと嘘をつかれていたと気づいたときと同じ種類のモヤモヤだ。この形容しがたい塊を吐き出したくて仕方ない。

「……あなたに私たちの何が分かるんですか？　釣り合ってるかどうかなんて、他人からみたらわからないでしょう」

口にしてからはっと我に返る。『私たち』って。自分達がすごい絆《きずな》で結ばれてるみたいな言い方じゃないか。我ながらすごい自信だ。

何か言い返してくると思いきや、のばらさんはふっくらとした唇をかみしめてうつむいた。

ああ、これって彼女の戦略なのかな。こんな傷ついた顔されたら、私がいじめたみたいじゃないのよ。

「……なんで、私じゃないの」

彼女は今にも泣きそうな顔で呟《つぶや》いた。彼女の一連の行動は、まるで駄々をこねている子供のようだ。

欲しくて欲しくて、でも手に入れられないとわかっているものを欲しがっている小さな子供。

玲司さんの話から察するに、のばらさんは大学卒業したかしないかくらいの年齢だろう。

そんな年の子が取る行動にしてはあまりにも幼くて、それがかえって痛々しい。

多分、彼女も自分の感情の置き所がわからなくてパニックに陥っているのだろう。これはきちんと引導を渡してあげた方が彼女のためにもよさそうだ。

どう声をかけようかと考えあぐねていると、誰かが階段を上ってくる音が聞こえてきた。お客さんか、上の階に入っているテナントの人かわからないけど、不毛な言い争いにピリオドを打つには丁度いい。

「あー……ここじゃ何なので、一度玲司さんを交えて三人でお話ししましょう」

「お兄ちゃん、私の話なんて聞いてくれないもん」

「じゃあ聞いてくれるように私からお願いしますから。今日はもう帰って、ね？」

子供を諭すように優しくいうと、のばらさんはこくんとうなずき、階段を降りていった。

（やれやれ……）

問題を先送りしただけだけど、ひとまずは鎮静化できた。なんで私がこんな目に、と思うけど、巻き込まれてしまったものは仕方がない。

（なんかこれって、愛人になじられる正妻みたい）

みたい、というか実際私は彼の妻なんだけれど。ということは一応これは家族の問題になるのだろう。ともあれ家に帰ったら玲司さんとミーティングをしなくては。

＊＊＊

帰宅してのばらさんが店に来た件を告げると、玲司さんは額に手を当ててはぁーっと深いため息をついた。

「そうですか。のばらがあなたの店にまで……。本当になんとお詫《わ》びしてよいか」

「さすがにびっくりしました。あの、今までもこういうことってあったんですか？」

「いいえ、あなたが初めてです。学生時代にも女性との交際はありましたが、皆のばらが介入する前に破局していたので」

「失礼ですがお付き合いしてからどれくらいで別れ話に発展していたんでしょうか」

「正確には覚えていませんが……どなたも三ヶ月持ったかどうか……」

それは交際経験にカウントしていいのか疑問が残る。玲司さんが見た目の割に女慣れしていない感じがあるのはそのせいだろうか。

「私としては普通に接していたつもりだったのですが、皆『ついていけない』といって離れていきました」

「あー……」

分かる気がする、と言いかけて言葉を飲み込む。すると玲司さんはじっと私を見た。

「分かる気がする、という顔をしていますね」

「よく分かりましたね」

「それは、二ヶ月近くも一緒に暮らしていたら、なんとなくあなたの反応パターン位は把握できます」

指摘されてちょっと恥ずかしくなる。私だけが玲司さんの表情を読み取れるようになったと自負していたけれど、あちらも同じように考えていたらしい。

「なぜ分かる気がすると思ったのか、教えていただいていいですか？　私には未《いま》だに分からないのです」

「……言っていいんですか？」

「どうぞ」

「……初めて会った時から思ってたんですが…………玲司さんって、デリカシーない発言しますよね……」

傷つけないように恐る恐る切り出してみたのだが、玲司さんは若干右眉《まゆ》を持ち上げただけで、さほどショックを受けていないようだった。

「そうでしたか。自分としてはこれが普通だったので気づきませんでした。ご指摘ありがとうございます」

「いえ……分かってくれたなら良かったです」

「ですが、私……いえ、僕は元々こういう性格だと分かっているはずなのに、皆私が格好いいなどといって近寄ってくるのです。それが解せない。僕がこの顔でなければ、初めから交際しようなどと思わなかった、ということになりますよね？」

「まぁ、多分そうなんでしょうね」

正直面食いの人の気持ちは私には理解出来ない。そりゃ整った顔の人は見ていてうっとりするけれど、あくまで観賞用だし、それならテレビや雑誌で見ているだけで十分だ。それに私にとって恋愛というのはコミュニケーションが成り立ってから発展するものなので、容姿だけで相手に惚《ほ》れるのは難しいと思う。

だからのばらさんの遺伝子発言は、面食い派の意見としては興味深かった。

「僕は、それが人間扱いされていないようで嫌でした」

玲司さんがテーブルの上で組んだ自分の手に視線を落として、ぽつりと呟いた。無表情に近い彼が、こんな嫌悪に満ちた顔をするのは珍しい。

「のばらも含めて、皆僕の顔しか見ていない。僕という人間の価値はそこにしかないと言われているようで、どんどん僕のことを好きだという女性が信じられなくなっていったのです。勝手に僕の容姿に夢を見て、『思っていたのと違った』と去って行く。顔なんて皮一枚剝《は》いだら皆同じ骨と筋肉で構成されているのに。なぜそんな薄っぺらいものにすがるのでしょうか？」

――玲司さんのマンションに越してきた日。彼はメイクを落とすかどうか悩んでいた私に同じことを言っていた。

『元々私はあなたに興味がないのですから、あなたがどんな顔でも私は気にしません。そもそも人間なんて、皮一枚剝《は》いだらただの骨と筋肉で構成された物体に過ぎませんから』と。

あの時は妙に達観してるなぁ、と受け流したけれど、まさかそんな思いが込められていたなんて。

「あの、私の意見を言ってもいいでしょうか？」

「はい、ぜひ伺いたいです」

「私は美容師だから思うのかもしれませんが、顔も生まれ持った才能の一つですよ」

「才能……ですか？」

「はい。絶対音感があるとか、足が速いとか、数学が得意だとか、そういうのと同じです。だからそんなに悲観しなくてもいいんじゃないですか？」

「……斬新《ざんしん》な見方ですね」

「それに、玲司さんは内面を見てもらえないと言ってましたけど、そういうのって顔つきににじみ出ますよ。ただ顔が整っているだけなら、お人形さんと同じですから。だから、あなたを好きになった人達は、あなたの中にある何かに魅力を感じたのかもしれませんよ」

「何かって、何でしょうか？」

めちゃくちゃ素朴な疑問をぶつけられて答えに詰まる。それが分かれば苦労はない。

「うぅん……私は、なんですけど。問題が起こってもきちんと話し合いで解決しようとする所とか、どんな状況でも受け入れて楽しめる所とかは見習いたいなと思います。あと、ごはんが美味《おい》しいです。だから、契約結婚とはいえ一緒にいられるんだと思います」

思っていたより玲司さんの長所がすらすらと出てきたので内心自分で自分に驚く。のばらさんが出てきてから、今まで意識していなかったような感情を自覚する機会が増えた気がする。

「……成程。思いも寄らないところを評価されているものですね。これまで交際してきた女性達とも、あなたのように話し合えたらもっと歩み寄れたのかもしれませんね」

玲司さんの目元が柔らかく細められているように見えるのは私の気のせいだろうか。なんだか妙に恥ずかしくなって、しどろもどろになってしまった。

「そう……なんですかね……」

「それに、容姿が武器になるという意見は新鮮でした。確かに僕の仕事でも、まずは見た目に気を遣えとアドバイスする機会が多いですし」

「まぁ、入り口としてはわかりやすいですからね」

「僕はこの顔があまり好きではなかったのですが、あなたのおかげで武器としての価値を見いだせそうです。ありがとうございます」

玲司さんはそういってぺこりと頭を下げた。相変わらず微妙にピントがずれているが、私が言わんとしていることは伝わったようだ。

「それにしてもあなたと話していると、とても飽きませんね。とても興味深いサンプルだ」

「サンプルって。実験動物じゃないですから」

あまりの言い草に、つい唇を尖《とが》らせてしまった。でも、彼が私に興味を抱いている、という事実にちょっと嬉《うれ》しくなってしまう。こんなことで喜ぶような人間だったとは自分でも驚きだけれど。

「……それはさておき、のばらをなんとかしなくてはいけませんよね」

「そうですねえ。話し合いでどうにかできるといいんですけど。正論で諭しても余計意固地になりそうですよね」

「……指輪でも買いましょうか」

真顔でいわれて、思わずあんぐりと口を開けてしまった。

「どうしてそんな顔するんですか？」

「いや、その発想はなかったなと思って」

「形で示せば、のばらも納得するのではと思ったのですが」

「玲司さんって結構ロマンチストですね」

とかなんとか話していると、インターフォンが鳴った。

「え、こんな時間に誰だろ」

「僕が出ます」

玲司さんが立ち上がり、インターフォンのモニターを覗《のぞ》き込む。そしてそのままフリーズしてしまった。

「どうしたんですか？　何かの勧誘ですか？」

「……のばらが来ました」

「えぇ!?」

慌てて玲司さんに駆け寄り、背後からインターフォンのモニターをのぞき込む。確かにそこには、こちらをにらみつけるように見上げているのばらさんの姿が映し出されていた。

『お兄ちゃん、私だけど。話がしたいの。入れてくれる？』

尖った声がインターフォンの向こうから聞こえて来た。玲司さんからの返事がなくて苛《いら》立《だ》っているのがよく分かる。

確かに、彼女には『一度玲司さんを交えて三人でお話ししましょう』とは伝えたけれど、こんなに早く来襲するとは思っていなかった。若者は何にしても気が早すぎて困る。いやのばらさんがせっかちすぎるのか。

「え、どど、どうするんですかこれ」

「この様子だと追い返してもまた来そうですし、入れるしかないでしょう。マンション前で騒がれてはこちらとしても困りますし」

玲司さんのいうとおり騒がれても面倒だから中に入れるしかないのだろう。のばらさんの思うつぼ、という感じなので従うのはしゃくだけど。

「分かりました。じゃあ、開けてください」

玲司さんはモニターに視線を向けたままうなずき、無言で解錠ボタンを押した。

＊＊＊

そして数分後。のばらさんと私と玲司さんは、ダイニングテーブルを囲んで向かい合っていた。

このテーブルセットは椅子が二つしかないので、玲司さんは寝室からパソコンデスク用の折りたたみ椅子を持ってきて座っている。

「ちょっと、どうしてお兄ちゃんが余り物の椅子なの。あなたは床にでも座りなさいよ」

「のばら、僕がこれに座りたいんだ」

早速座席のポジションに文句をつけだしたのばらさんを、玲司さんがたしなめる。

のばらさんに接する彼の態度は、いつもと違って気遣いに満ちていて、お兄ちゃん然としている。

こっちが素だったら相当モテたのではないだろうか。そして自分が特別扱いされていることに、のばらさんは気づいているのだろうか。

（あ、またなんかモヤってきた）

何でだろう、ずるいと思ってしまう。別に玲司さんに甘やかされたいとかちやほやされたいなんてみじんも思ってないはずなんだけど。

（いやいや、相手は年下だし。十歳近く年下の子に嫉妬《しっと》してどうするんだか。しかも義理の妹なんだからそりゃ気は遣うでしょ）

と自分に言い聞かせて平常心を保つ。

「……何を話しに来たのかはおおよそ見当がついている。離婚の件だろう？」

「そうよ。お兄ちゃんはだまされてるのよ。どうせ妊娠したとか嘘つかれて慌てて入籍したんじゃないの？」

「残念ながらそんな事実はありませんが」

「あなたは黙っててよ！」

のばらさんがきっと私をにらんだ。何が何でも私を結婚詐欺を働いた悪女に仕立て上げたいらしい。

「のばら、僕は咲さんと愛し合って結婚したんだ。悪いが離婚は出来ない。それと、昨日入籍したとお母さんとお義父《とう》さんに連絡しておいた。二人とも喜んでくれたよ」

（愛し合ってるなんて初耳なんですけど！）

私は目を剝《む》いて玲司さんをまじまじと見てしまった。愛だなんて言葉が玲司さんの口から出てくるとは思っていなかった。

のばらさんは相当ショックを受けたらしく、顔を真っ青にしてわなわなと唇を震わせている。

「……噓、噓よ。だってお兄ちゃん、今まで女の人とは全然うまくいかなかったのに。なんでこんな地味で服のセンスが悪い化粧お化けのおばさんと結婚するの？」

のばらさんの唇からはぽろぽろとえげつないワードが飛び出す。今まで彼女なりに攻撃性を抑えていたと取るべきなのか、ついに馬脚を現したというべきか。

そんな彼女に、玲司さんが更に追い討ちをかける。

「それでも僕は、彼女じゃないと駄目なんだ。彼女しか考えられない」

「な……っ」

真っ青だったのばらさんの顔から血の気が更に失われ、真っ白になった。さすがにこのまま倒れたらどうしようかとハラハラしてしまう。

「…………」

「分かってくれ。それに、もし咲さんがいなかったとしても、僕はお前とは結婚できない。でも、妹として大切に――」

「そんなの聞きたくない！」

のばらさんは椅子を蹴《け》って立ち上がった。勢い余って、椅子が思い切り床に倒れる。

「私は妹として大事にして欲しいんじゃない！　私はお兄ちゃんと対等に恋愛したいだけなの！　どうしても妹扱いするなら、私、お父さんやお義母《かあ》さんと縁を切ってあの家から出て行くから！」

のばらさんはそう叫ぶと、玄関に向かって一目散に駆け出した。

「のばら！」

「追いかけちゃ駄目です！」

のばらさんを追おうとした玲司さんの腕を掴《つか》んで引き留める。

「でも、のばらが……」

「あなたが追いかけたら、のばらさんは諦《あきら》めきれなくなります。私が代わりにのばらさんについていきますから」

「でも、これは僕とのばらの問題だ。あなたに迷惑をかけるわけにはいきません」

「私の問題でもありますよ。だってのばらさんはあなたの大切な妹さんなんでしょう？

夫の妹は私の妹でもあるんですから、対処する義務はあります」

玲司さんは目をみはって私を見た。驚いているようにも、泣きそうにも見える不思議な表情だった。

「そういうわけで私はちょっと出かけてきます。見つかったら連絡しますから」

「……分かりました。のばらをよろしくお願いします」

玲司さんは私に向かって深々と頭を下げる。私はうなずき、玄関でスニーカーに履き替えて部屋を出た。

マンションを出てすぐ、とぼとぼと歩いているのばらさんの後ろ姿を発見した。私はとっさに名前を呼んで駆け寄る。

「のばらさん！」

私の声を聞いて振り返ったのばらさんは、立ち止まって憎々しげに叫んだ。

「なんであんたがついてくるのよっ！」

「私ですいません！　あの、もう遅いし女の子一人じゃ危ないので、せめて駅まで一緒に行こうと思って」

「は？　あんたに心配されなくても平気だし！　それよりお兄ちゃん連れてきてよ！　なんでお兄ちゃんが追いかけてきてくれないの？」

「玲司さんが追いかけたら、あなた甘えて諦めきれないでしょ」

のばらさんははっとした顔になり、唇をかみしめてうつむいた。

「……分かった風に言わないでよ。あんたがお兄ちゃんと私の何を知ってるっていうの？　私、ずっとずっとお兄ちゃんを好きだったんだから！　あんたなんかんかよりお兄ちゃんのこと知ってるんだから！　なのに、なんで、なんで……うっ、うわぁあああんっ！」

ずっと我慢していたのだろう。ダムが決壊したみたいに、のばらさんは大粒の涙をこぼして号泣しはじめた。

「あーほらほら、泣かないの！」

泣きじゃくるのばらさんを抱き寄せて、トントンと背中を叩《たた》いてやる。

さんざん酷《ひど》い言葉を浴びせられたはずなのに全く響かなかったのは、彼女自身が自分で投げた言葉のナイフに傷つけられているように見えたからなのだろう。

「離してよぉ！　何よ、子供扱いして！　うえっ、あぁあっ、うあぁああんっ！」

「子供でしょうが。私をおばさん呼ばわりしておいて、こういう時だけ大人ぶらないの。あーほらほら、鼻水垂れてるから拭《ふ》いてあげる」

「ほっといてってばぁあ！　うえぇぇえ、えぇえんっ、うぅっ、ぐすっ……」

たまたまジーパンのポケットに突っ込んでおいたポケットティッシュで彼女の鼻を拭《ぬぐ》ってやる。なんだか幼稚園の先生にでもなった気分だ。それでも彼女は泣きやめなくて、私のTシャツの色が変わるまで泣き続けた。

「ちょっとは落ち着いた？」

ひとしきり泣いて少しは落ち着いたのか、のばらさんは静かにうなずいた。さっきの勢いで敬語が吹っ飛んでしまったけど、これくらいは許してもらおう。

「とりあえず駅まで送るから。まだ終電大丈夫？」

「……家、帰りたくない……」

のばらさんは鼻をずずっとすすって、涙声で呟《つぶや》いた。確かにこんなに泣きはらした顔で帰宅したら、ご両親が大層心配するだろう。

とはいえ、うちに連れ帰るのはためらわれる。玲司さんの顔を見たらまた色んなものがぶりかえしそうだし。

「分かった。じゃあどっか入ろう。おなか空《す》かない？　おごるから食べたいもの言って」

「……じゃあ、パフェが食べたい」

「わかった。ファミレスでいい？」

のばらさんは黙ってうなずいた。大通りに一軒ファミレスがあったから、そこに連れて行けば始発くらいまではなんとか過ごせるだろう。

場合によっては寝ずに出勤する羽目になりそうだが仕方ない。私は覚悟を決め、のばらさんを連れてファミレスへと向かった。

＊＊＊

ファミレスに入り、ひとまずのばらさん所望のベルギーチョコレートパフェと、私の分である黒蜜《くろみつ》きなこパフェを注文する。玲司さんには『南阿佐ケ谷《みなみあさがや》駅近くのデニーズにいます』とメッセージを送っておいたのでひとまずは安心してくれるだろう。

「チョコパフェなんて久しぶり……」

メニューを見ながらのばらさんが呟いた。泣いて化粧が剝《は》げた顔は、とてもあどけなく見える。高校生だと言われても納得しそうだ。

普段は彼女なりに、玲司さんに釣り合うように大人っぽくなろうと頑張ってメイクしているのかもしれない。

「私もだよ。ここ、結構パフェ系充実してて美味《おい》しいよね」

「知らない。私ファミレスなんて来ないし」

「友達と来たりしないの？」

「……そんなの、いないもん」

のばらさんは仏頂面で答えた。しまった、いきなりやらかしてしまった。

そんな私の気持ちを察したのか、のばらさんが思い切り顔をしかめて私をにらんだ。

「そんな顔しないでよ。別に友達なんかいなくても平気だし」

「あ……そう……」

「だいたい、女の子って嫌いなの。私が男の子にちやほやされてるからって陰で嫌がらせしてくるし。自分たちが私より可愛くないから見向きもされないだけなのに」

いつの間にかテーブルに置かれていたチョコパフェの一番上に盛られているプリンをすくい、のばらさんは口に運んだ。

「ん……おいしい……」

少しだけ目を細めてもぐもぐとプリンをほおばる様は、とても愛らしくて見とれてしまう。

思えばのばらさんが初めて『ソルテ』に来店した時も、私を含めて皆釘付《くぎづ》けになっていた。

今だって近くの席に座っている大学生らしき男の子二人組が、ちらちらとのばらさんを見ているし。

確かにここまで人目を惹《ひ》く子だったら、同年代の女の子からは嫉妬の対象になるのも分かる。こんな子が身近にいたら、とても太刀打ち出来ないだろう。

「でも、男の子も嫌いなの。皆私を横に置いて、こんないい女を連れてる俺カッコいいって威張りたいだけだから。ジャガイモみたいな顔してるくせに」

「それはジャガイモに失礼じゃないの？　ところで前から聞きたかったんだけど、顔ってそんなに大事？」

「大事よ。だって毎日見るなら綺麗《きれい》な顔のほうがいいなって、劇団にいた時思ったの。私、たまに映画とかCMとか出てたから、芸能人に接する機会が多かったし」

「成程」

また玲司さんの口癖が出てしまった。要するに子供時代に芸能人に囲まれていたせいで、容姿に対する要求が天井知らずになってしまったのだろうか。三つ子の魂なんとやら、だ。

「でも、それは男の方も同じでしょ？　どうせ私の顔にしか興味ないんだもの。私にはまるで人格がないみたい。だから年上の人の方がまだまし。私がアクセサリー代わりなのは変わらないけど、おいしいもの食べさせてくれて、欲しい洋服やアクセサリー買ってくれるから」

(なんか、玲司さんと似たようなこと言ってる)

男でも女でも、そりゃ顔がいい人の方が有利だ。就職の面接も外見を重視するところがあると聞くくらいだし。

だから顔が綺麗だなんて羨《うらや》ましいな、くらいにしか思ったことがなかったけれど、容姿端麗な人にしか分からない苦労があるのだろう。

血は繋《つな》がっていないけれど、この二人は似たもの同士なのかもしれない。だからのばらさんは玲司さんに惹かれるのだろうか？

「それで、玲司さんだけは違ったんだ？」

のばらさんはこくん、とプリンを飲み込んで口を開いた。

「……うん。初めて会った時はカッコいい人だな、こんな人がお兄ちゃんだなんて嬉《うれ》しいなって思っただけだった。でも、お父さんとお義母《かあ》さんが結婚して皆で一緒に住むようになってから、私、お義母さんにどうしても馴染《なじ》めなくて」

もしかしてネグレクトでもあったんだろうか、なんて考えていると、のばらさんがものすごく嫌そうな顔で私を見た。

「だから、そんな可哀想な子を見る目で私を見ないでってば。あなたが考えてるような虐待とかされてないから」

「う……ごめんなさい。あなたの話の流れから、つい変なこと考えちゃって」

「ほんっと安っぽいドラマの見過ぎ。お義母さんはよくしてくれたわ。子供心に私に気を遣ってるのすごく分かった。でも、私その頃、全然学校に馴染めなくて、いつも一人で本読んでて。小学校に入るまで子供劇団にいたせいか、周りの子が子供っぽく見えて嫌だった。それで、お義母さんが学校に呼び出されちゃったりして。お義母さん、すごく困ってた。子供向けの心療内科に連れて行かれちゃったりして。そしたら先生が『ご両親の再婚で娘さんが情緒不安定になっているんじゃないですか』なんて言うの。私、病気なんかじゃないのに」

一度話し出すと止まらなくなったのか、のばらさんは私に口を挟ませない勢いでつらつらと語り続ける。もしかしたら、ずっとこうして誰かに話したかったのかもしれない。

「私は私で、本当のお母さんならこんなの気にしないのに、学校が嫌なら行かなくてもいいんだって言ってくれるのになんて考えちゃって。劇団に入れてくれたの、お母さんだったし、お母さんが元気だった頃は私を自由にさせてくれたから。でも、お義母さんに心配かけたらお父さんも悲しむし、どうしたらいいのかわからなくなって。そしたら、おねしょするようになっちゃったの」

のばらさんはそう言って苦笑いを浮かべた。

「小学生にもなっておねしょだなんて情けなかった。でもこんなのお義母さんにばれたら、私が再婚で精神的に参ってるだとかなんとかって思ってまた心配かける。だからばれないように、夜中シーツを拭いたタオルとか下着をこっそりお風呂《ふろ》場で洗ってたの、そしたら、お兄ちゃんに見られちゃって」

「え、玲司さんに見られちゃったんだ」

「そう。ほんっと消えちゃいたかった。お父さんとお義母さんに言わないでって泣きながらお願いしたら、お兄ちゃんが『大丈夫だよ。実は僕も、秘密があるんだ』って、こっそり夜中のゲームセンターに連れて行ってくれたの。お兄ちゃんも私のお父さんに馴染めなくて、でもどうしていいか分からないから、夜こうやって抜け出してゲームしてるんだ、って。それで、自分だけが悪い子じゃないんだ、お兄ちゃんも私と同じなんだって思うとすごく安心したの。その時、お兄ちゃんが私を助けてくれる王子様に見えたんだ。綺麗な顔の優しい王子様が私を守ってくれるんだって思ったら、頑張れそうな気がしたの」

想像しただけで泣けてきそうだった。いくら優しい親だったとしても、他人は他人だ。玲司さんものばらさんも、寂しさやらもどかしさを抱え込んでいっぱいいっぱいだったのだろう。

そしてのばらさんは、頼る相手が玲司さんしかいなかったのだ。他の男が目に入らなくなる理由がやっと分かった気がする。のばらさんの心はずっと、その時で止まっているのだろう。

自分を肯定してくれた『王子様』の優しい呪いに縛られたままなのだ。

「あのね、泣かなくていいから。私あなたに同情されたくないんだけど」

涙ぐんでいる私を見て、またものばらさんが眉間《みけん》に皺《しわ》を寄せた。

「うぅ……ほんとごめんなさい。失礼だとはわかってるんだけど、なんか想像したらついウルっと来ちゃって」

「はぁ……そこまであからさまに顔に出されると逆に分かりやすくていいけどね。あなたみたいなお人よし初めて見たわ。詐欺とか気をつけた方がいいんじゃない？」

感情が顔にすぐ出るというのはたまに指摘されていたけど、お人よしなんて言われたのは初めてな気がする。だって周りもこんな感じだったし。

（のばらさんの周りは、感情を見せてくれない人ばっかりだから、信用できなかったのかな）

なんて考えるとまた悲しくなってきちゃうけど。

「……そんな風に神経が図太くてお人よしな人だったから、お兄ちゃんはあなたを選んだのかな」

のばらさんがパフェのグラスの底に溜《た》まっている、溶けたアイスとコーンフレークをスプーンでざくざく混ぜながら呟いた。

「そうなのかな……」

「知らないわよ。でもお兄ちゃんはあなたじゃなきゃ駄目って言ってた。今までどんな女の人ともうまくいかなかったお兄ちゃんがそんな事言う日が来るなんて。ほんっとあなたむかつくわ」

「……でも、のばらさんだって十分玲司さんに特別扱いされてるでしょ」

最後まで大事に取っていた白玉だんごを噛《か》みしめつつそう切り返す。実際、のばらさんに対する玲司さんの紳士っぷりは、人格改造手術でも受けたのかと疑うくらいに衝撃だったし。

「妹として、でしょ」

「そうかもしれないけど。私、あんな風に玲司さんに優しい言葉をかけてもらったことないし、泣いてる時に慰めてくれたこともないもの。正直、ちょっと羨ましいなって思った」

玲司さんの前ではまだ泣いてないな、とふと思い出したけど、多分泣いてもあんな対応はしてくれないだろうから同じだろう。

そして、口に出して初めて気がつく。私はのばらさんが羨ましかったのだと。

「ねえ、それって嫉妬《しっと》？　あなた、私に嫉妬してるの？」

私が羨ましがってると察した途端、のばらさんの顔がぱあっと輝いた。

自分が優位に立てたと感じて嬉しくなったのだろう。のばらさんの言うとおり、あの時感じていたモヤモヤはもしかして嫉妬というやつなのだろうか？

（いやいや、そんな馬鹿な。それじゃまるで本当に玲司さんを好きみたいじゃない）

心の中で慌ててそんな考えを打ち消す。嫌いではないけれど、恋愛対象として見るなんてありえない。

「嫉妬してるのね！　あーよかった！　私だけがお兄ちゃんに優しくしてもらってたんだわ！」

のばらさんはみるみるうちに上機嫌になった。私の反応を見て勝手に嫉妬していると決めつけているらしい。

「これでやっと決心がついたわ。私が絶対あなたにかなわないなんて嫌だもの。でも、あなたが私に一生勝てないなら話は別よ。私、このままお兄ちゃんの特別な妹でいてあげる。だからあなた、お兄ちゃんの奥さんでいていいわよ」

「はぁ……どうも……。それで、遺伝子はもういいの？」

「よくないけど、お兄ちゃんがどうしてもあなたがいいって言うんだから仕方ないでしょ。茄子《なす》みたいな子供が産まれて泣けばいいわ」

どんな子供だ。でもそれはそれで可愛いかもしれない、と思ったけどせっかくのばらさんが上機嫌なので黙っておこう。

勢いづいたのばらさんは、グラスに残っているコーンフレークを一気に平らげ、スプーンをグラスの中へ突っ込んだ。

「ごちそうさま！　おいしかったわ。たまには誰かと喋《しゃべ》りながら食事するのもいいものね。まだ終電間に合いそうだし、私そろそろ帰るわね」

「そう？　じゃあ駅まで送ろうか」

「あーいいわよ。面倒だし。おごってくれてありがとう。じゃあね」

のばらさんはそう言って席を立つと、足取り軽く店を出て行った。なんだかよくわからないが、もう離婚を迫られたりはしないようだ。

（とりあえずは一件落着……でいいのかな）

なんだか狐につままれたような気分だけど、解決したなら結果オーライだろう。いつまでも一人でここにいても仕方ないから帰ろうと、伝票をつかんで立ち上がった時だった。

「……あれ」

ちょうど私たちの真後ろの隅っこの席で、背中を丸めてコーヒーをすすっている男性が目に入った。

「……玲司さん？　何してるんですか？」

近寄って声をかけると、玲司さんがごふっと咳《せ》き込んだ。

「あ、すみません。びっくりさせちゃって」

「げほっ、げほっ……いえ、大丈夫です」

「この店にいたなんて気づきませんでした。いつからいたんですか？」

「メッセージを貰った後、やっぱり気になって追いかけてきたら、あなた達が二人で仲良く話していたのでこっそり様子をうかがっていました。申し訳ありません」

玲司さんは気まずそうに目をそらしてぼそぼそと答えた。

「のばらさんがそんなに心配だったんですか？」

「それもありますが、あなたも……いえ、なんでもありません。それよりのばらと話してくださって、ありがとうございます」

「いえ、とんでもないです。話してみたら面白い子でしたし」

「そう言って頂けるととても助かります。あの子は昔から僕にべったりだったので、親しい友達もあまりいなくて。どうも目立つ容姿をしているせいか、同性には敬遠されるようで」

「そうみたいですね。大変そうだなぁって思いました」

「もっと早く、あなたみたいに女性を感じないような人に出会えていたら、のばらにも心を許せる友達が出来たのかもしれませんね」

せっかくいい雰囲気で締められそうだったのに、またもや余計な一言が飛び出した。けれど、これがのばらさんには言えない一言なのだと思うと、ちょっとは許せる気がする。

「……のばらと同じように、とはいきませんが、もう少し優しく出来るよう努力します」

玲司さんは聞こえるか聞こえないかくらいの小さな声でそう言った。もしかしなくても、私たちの会話を聞いていたのだろう。

「そうして下さるとありがたいです。ところで、あの時のばらさんに言った台詞《せりふ》って……」

「はい。何でしょうか？」

「……いえ、やっぱり何でもないです」

「そうですか。ところで、あなたはドリンクバーは注文されていますか？」

「いえ、サービスタイム終わってたのでしてませんけど」

「では僕がご馳走《ちそう》しますから、ここで一緒に何か飲んでいきませんか？」

「ありがとうございます。ご相伴にあずかります」

玲司さんの前に座って、呼び出しボタンを押す。

『それでも僕は、彼女じゃないと駄目なんだ。彼女しか考えられない』

のばらさんにはっきりと告げた時の玲司さんの顔をふと思い出す。

あの時の彼の顔は、嘘をついているようには見えなかった。

けれど、ああでも言わないとのばらさんは引かなかっただろうし、きっと逃げ口上だろう。

目の前でコーヒーをすする玲司さんを眺めつつ、そう自分に言い聞かせた。

＊＊＊

――そして、それから一ヶ月半ほどが過ぎた。のばらさんの攻撃はぴたりと止み、平穏な生活が戻ってきたと安心していた頃だった。

「こんにちはぁ」

なんと、のばらさんが我らが『ソルテ』に三度目の来店を果たしたのだ。

あんな嫌がらせを受けた後なのだから、すわモンスターの再来か、と店長以下スタッフ全員で身構えたのは許して欲しい。

「あの〜西依さんに、カットをお願いしたいんですけど」

「にに、西依ですか？　その、他のスタッフも空いておりますが」

店長の声が思い切り裏返っている。どんな時でもどっしりと構えている店長がここまでうろたえるなんて、のばらさんの仕打ちが余程トラウマになっているのだろう。

「大丈夫です。西依さんにぜひお願いしたくて」

微笑んで答えるのばらさんは、以前クレームをつけてきた時とは別人みたいに穏やかだ。この様子は、本当にカットをしに来ただけだと思っていいだろう。

「店長、多分今日は普通に施術できますから大丈夫ですよ」

店長にそう耳打ちして、受付カウンターへと入ってのばらさんから会員カードを受け取る。

「では成嶋様、こちらへどうぞー」

手が空いていた窓花ちゃんにシャンプーを頼んだ後、のばらさんをカット台へ案内してケープを被《かぶ》せる。

「ご指名ありがとうございます。今日はいかがなさいますか？」

「そうですねぇ、どんな男でも振り向くくらい、素敵なスタイルにして下さい」

またふんわりとして難易度が高いオーダーだ。

鏡の中に映る彼女はなんだか楽しそうにしている。嫌がらせではなく、本気の注文なのだろう。それなら私も全力で応《こた》えるのみだ。

「では、こういった感じのスタイルはいかがですか？」

ヘアカタログをめくり、のばらさんに似合いそうなスタイリングのサンプルを指さす。

「素敵ですね。でも、私に似合うかしら？」

「成島様はお顔が卵形ですし、お似合いになると思いますよ。髪の毛はワックスで逆毛を立てる必要があるんですが、後でスタイリングの仕方をお教えしますから」

「じゃあ、それでお願いします」

のばらさんは笑顔でうなずく。前回からそう時間は経っていないので、毛先を軽くするために少しハサミを入れるくらいで良いだろう。後はコテで毛先を流してから最後にワックス、といった感じか。

私はさっき見たヘアカタログの写真を思い浮かべつつ、腰に巻いているシザーケースに差しているハサミを抜いて手に取った。

「いかがですか？」

カットとスタイリングを終えた後、三面鏡で後ろ姿をチェックして貰う。のばらさんは鏡の中の自分を見てぱっと顔を輝かせた。

「素敵！　やっぱりあなたに頼んで良かった！」

「気に入っていただけて良かったです。今日はこれからお買い物ですか？」

「そうですねぇ。狩り……かな？　新しい王子様を探しに行こうと思って」

どうやら、本当に玲司さんのことは吹っ切れたらしい。もしかしたら合コンにでも行くのだろうか。ともかくよい傾向だと思う。

「そうなんですね。頑張って下さいね！」

「はい、西依さんの旦那《だんな》様よりいい男を捕まえられるように頑張りますねぇ♪」

のばらさんはにこやかにそう言うと、軽やかにウエーブヘアをなびかせて店を出て行った。

「……西依、アンタあの子に何したの？」

のばらさんが出て行った後、一部始終を見守っていた店長が、すすーっと私に近寄ってきた。

「何と言われても」

「だって、この間はどう見てもイっちゃってたじゃない。しかもあんたの旦那様絡みで揉《も》めてたんでしょ？　なんであんなに上機嫌なのよ」

「……うーん。河原で殴り合った後握手した、みたいな感じですかね」

「は？　何言ってるのアンタ」

店長が怪訝《けげん》そうな顔で私を見る。私は鼻歌を歌いながら、のばらさんの髪の毛が散っている床をほうきで掃き始めた。

窓花ちゃんのヘアカラー修業につきあっていたら、店を出たのが夜十時過ぎになってしまった。LINEを確認したところ今日は玲司さんのご飯もないようなので、コンビニでスープパスタ的なものを購入して帰宅する。

「ただいま帰りました」

「お帰りなさい、今日は遅かったですね」

「ええ。閉店後にちょっと色々やることがあったので。……って、その顔どうしたんですか？」

部屋に入った途端、椅子に座って、テーブルに置かれている飲みかけのコーヒーカップをぼんやりと眺めている玲司さんを見てぎょっとしてしまった。なんだかやけに疲労困憊《こんぱい》している。

どんな時でも身だしなみをきっちり整えている彼には珍しく、髪の毛が乱れているし。

「ええ、ちょっと仕事で一悶着《ひともんちゃく》ありまして」

「あら、珍しいですね。クレーマーでも来たんですか？」

「いえ……。今日、のばらが私の職場へお客様として来所しました」

「はぁ⁉」

思わずすっとんきょうな叫び声をあげてしまった。

どうやら私の店を出た後の行き先は、『シャンセ』だったようだ。さすがにそれは予想出来なかった。だってあんなに清々《すがすが》しい顔をしていたのにまた玲司さんのところに行くなんて。

「もしかして、今度はお客様として玲司さんにつきまとうつもりなんでしょうか」

「いえ、そうではないようなのですが。僕に勝る遺伝子を持つ男性を探したいそうなので、協力してほしいと言われました。あなたのおかげでのばらも僕を諦《あきら》めてくれたので、もう大丈夫だろうと実家へ仕事先と住所を伝えたのがいけなかったようです」

玲司さんはそう言って、テーブルの上で手を組んで額を押しつけ、はぁーっと深いため息をついた。

「なんでまたそんな」

「子供の頃から自分を一番知っている僕なら、きっと最高の相手を見つけてくれるに違いないからと言われました。相手が相手なので普段通りのアドバイスという訳にもいかず、酷《ひど》く気疲れしてしまったのです」

確かにあの気難しいのばらさんにぴったりの相手を見つけられるアドバイザーなどそうそういないだろう。そういう意味では確かに適役といえる。のばらさんに振り回され続ける玲司さんには気の毒だけど。

「まぁ……のばらさんに相応《ふさわ》しい相手を見つけるしかないですよね」

「これまでの案件で一番の難問ですね……」

玲司さんは手の甲に額がめり込みそうなくらいに押しつけた。かなり参っているようだ。見ていてさすがにかわいそうになってきた。

(何か気持ちが軽くなるようなこと、ないかな)

余計なお世話かもしれないけど、今の彼は放っておけない危うさを醸し出している。

私は必死に考えを巡らせて、うつむいている玲司さんへ声をかけた。

「……気晴らしに、外にでも行きますか？　このへんなら遅くまで開いてるお店もありそうですし、そういうところを見つけて入ってみるのも楽しいと思いますよ」

「……そうですね。たまにはいいかもしれませんね」

顔を上げた玲司さんは、さっきよりは顔つきが柔らかくなっている。彼の気が紛れそうで良かった、と私もほっと胸をなで下ろす。

私が玲司さんを気遣う日が来るなんて思ってもみなかった。

でもいつも私が彼に気を配ってもらっているし、これで恩返しになるなら安いものだ。

『放っておけない』だとか『彼の役に立てて嬉《うれ》しい』という感情の源がどこにあるのかについては、まだ解明出来そうにないけれど、今は考えないでおこう。

第四章　理想の結婚相手とは？

――八月に入り、じりじりと肌を刺すような日差しにうんざりしていた頃。

懐かしい人物からメールが届いた。

『件名：空閑《くが》柊平《しゅうへい》です。

久しぶり。いきなりメールしてごめん。この間おじさんとおばさんに会った時に、咲《さき》の話を聞いて懐かしくなったので、連絡先を聞いてメールしてみました。元気ですか？　俺は、今県立高校で教師やってます。咲も美容師として東京で頑張ってるっておばさんに聞きました。

　ところで来週、学校の研修がらみでそっちに行くことになりました。夜は時間が空くので、よかったら飲みにでも行きませんか？　一週間くらいはいると思うので、咲の都合がいい日にちを教えてください。急で申し訳ないけど、考えておいてくれるとうれしいです。

それでは』

（うわぁ、柊平からだ！　びっくりした）

仕事の休憩中に携帯を確認したら、幼なじみの柊平からメールが届いていた。

家が隣同士だったことに加えて元々父親同士が職場の同僚なので、子供の頃一緒にキャンプに行ったり合同お誕生会を開いたりと密に交流していたのだ。

でも、中学に上がる前にはお互いに引っ越して学区が離れてしまったので、交流は年一くらいになってしまった。思春期に入るとちょっとぎこちなくなったけど、それでも細々と交流は続いていた。最後に会ったのは私が専門学校を卒業して、東京に来る直前だっただろうか。

(あの泣き虫の柊平が教師かぁ。すごいなぁ)

子供の頃の柊平は気が弱い子で、よく私の後ろにくっついて歩いていたものだ
中学でバスケ部に入ってからは、背が急に伸びて少しはたくましくなっていった気がするけど。それでも、ふにゃふにゃして頼りないって印象のままだった。ああ、何もかもが懐かしい。

専門学校を出て東京で就職してからはや八年以上。めったに帰省しないので地元の友人とも疎遠になってしまった。だから、柊平がこうして連絡をくれるのは素直に嬉しい。

(来週は木曜日を休みにしてあるから、その日に会おうかな)

なんとなく華やいだ気分になり、返信のメールを打つ。そういえばプライベートで玲司《れいじ》さん以外の男性に会うなんて久しぶりじゃないだろうか。

(あ、もしかしてこれってルール違反なのかな?)

柊平にメールを送ろうとしてはたと手を止める。書類上だけとはいえ、夫以外の人と二人きりで飲みに行くなんてよろしくないのではないだろうか。

（いや、でもそういうのをとやかく言うタイプじゃないか）

嫉妬《しっと》とは無縁そうな玲司さんの能面顔が頭に浮かぶ。でも、黙っていくのはなんだか気が引けるので、帰ったら報告だけはしておこう。そう決めて柊平にメールを送信したのだった。


「幼なじみの方と飲みに行くのですね。全く問題はありませんよ」

帰宅して、シンクで食器を洗っている玲司さんに柊平と飲みに行きたい旨を告げるとあっさりとOKが出た。うん、予想通りの反応だ。

「よかったです。これってルール違反なのかなと思っちゃったので」

「そんなルールは定めておりませんが」

「そうなんですけど。夫婦としての仁義に反するのかな、って」

「世間一般的には、自分の伴侶《はんりょ》が異性と二人きりで過ごすのをよしとしない方もいらっしゃるでしょうが、僕はお互いやましい気持ちがないのなら構わないですよ」

玲司さんは、シンク脇に渡してある水切りつきのステンレスラックに、洗った茶碗《ちゃわん》をそっと入れてからそう答えた。

これも予想通りの回答だ。ある意味理想的なスタンスだと言えるけれど、あっさりしすぎていて面白みに欠ける。ちょっとくらいすねるとか、むっとする所も見てみたい気がする。

この間の、のばらさんの一件で、玲司さんが意外と振り回されやすい性格だと分かってしまってから、私の中の玲司さん像が一変してしまった。のばらさんみたいに男を翻弄《ほんろう》するテクニックは持ち合わせていないけれど、あんな風に私に対しても、もっと感情をあらわにしてほしいな、なんて思ってしまう。

(だって、いつもロボットみたいな模範解答じゃつまらないし)

なんて自分に言い訳をしてしまう。むしろロボットでいてくれた方が私の生活の邪魔にならないんだから、都合がいいはずなのに。

『ねえ、それって嫉妬？　あなた、私に嫉妬してるの？』

嬉しそうなのばらさんの顔が頭に浮かんだので慌てて脳内から追い出す。

(嫉妬なんかしてないし！)

「一人で何を百面相してらっしゃるんですか？」

玲司さんに言われてはっと我に返る。玲司さんはすっかり洗い物を終えて、タオルで濡《ぬ》れた手を拭《ふ》いている。

「私、百面相してました？」

「ええ。顔をしかめたり仏頂面をしてみたり、実に多彩な表情を浮かべていましたね」

眼鏡の奥の玲司さんの瞳《ひとみ》には、いつも通り全く感情が浮かんでいない。それがなんだかやけにもどかしい。私だけ百面相ショーを見せるなんて不公平だ。

「何か心配事があるのならご相談に乗りますが」

「いえ、ちょっと嫌な思い出が蘇《よみがえ》ってきただけなので。じゃあ私、お風呂《ふろ》に入るのでこれで失礼します」

「ええ、ごゆっくり」

ちらりと、シンクをキッチンペーパーで丹念に拭いている玲司さんの横顔を盗み見る。

この人は、もし私が誰かに心を動かされたらどうするんだろう？

『生活に支障がなければ問題ありませんよ』

なんて言いそうだけど。

（あーもう。妄想でイライラしてどうするんだか）

きっと、毎日顔をつきあわせているからストレスが溜《た》まっているのだろう。いくら干渉しないとはいえ、他人同士が暮らしているのだから無意識に緊張していると思うし。

このタイミングで柊平から連絡が来たのは、少しは玲司さん以外の人間とも交流を持てという神様の思《おぼ》し召しかもしれない。そう思うと飲みに行くのが俄然《がぜん》楽しみになってきた。

（木曜日、何着ていこうかな）

いつもジーパンにTシャツだけど、久しぶりに会う相手だし、少しはおしゃれをしていきたい。

（あ、去年のバーゲンで買ったラップスカート、あんまり穿《は》いてないな。あれと無地のTシャツにしようかな）

なんて考えるとうきうきして、さっきまでのイライラはあっという間に吹っ飛んでしまったのだった。

＊＊＊

——そして、約束の木曜日の夜になった。

「おー咲！　久しぶり！」

待ち合わせ場所である吉祥寺《きちじょうじ》駅の京王線改札前で手を振っている柊平は、私の記憶よりも、日に焼けて精悍《せいかん》な顔立ちになっていた。髪の毛も短く刈り込んでいて、すっかり体育会系って感じだ。

「えーっ柊平!?　すっごいさわやか青年になっちゃってー！」

「はは、さわやかなんて初めて言われたわ」

「しかもスーツ着てるし！　一瞬誰だか分からなかった」

「はは、そりゃ仕事の後やけんな。咲はあんまり変わっとらんなぁ」

柊平はそういって目を細めた。細っこい目が糸みたいにますます細くなる。

「それにしても柊平が教師かぁ。なんか全然想像つかないなぁ。大学の時から決めてたの?」

「うーん、教職取ってたからなんとなくは意識しとったけどな。そういえばノブヒサ覚えとる?」

「あー隣のクラスの」

「あいつとこの間ばったり会ったんやけど、今会社やっとるらしいぞ」

「へぇー! 社長やん! すっごいねぇ」

柊平の博多《はかた》弁につられてこっちもついついイントネーションが博多寄りになってしまう。東京に来てもう長いのに、まだ体が覚えているらしい。

「まぁまぁ、続きは店に行ってから話そうや」

「あ、そうだね。じゃあ行こうか」

私は慌てて歩き出した。柊平といると積もる話が多すぎて、このまま何時間でもしゃべってしまいそうだ。

こんなにぽんぽんと話が盛り上がるのは、玲司さんと一緒では味わえない感覚だ。

(あーなんかいいなぁ。こういうの)

「じゃあ再会を祝して、かんぱーい！」

「かんぱーい！」

駅近くの居酒屋に入って予約していたテーブル席に座り、とりあえずビールで乾杯する。店のメンバーで飲むときにたまに使っているんだけど、オシャレすぎず汚すぎず、値段もそこそこ安くて重宝している店だ。

「ほー東京の店はシャレとるねぇ。俺ぁ安い居酒屋しか行かんから、なんか場違いな感じするわ」

柊平は天井を見上げ、ログハウス風に組まれたむき出しの柱をまじまじと見ている。

「あはは、そうでもないって。吉祥寺だったらもっとオシャレなお店たくさんあるし」

「テレビにもよう出とるもんなぁ。さっきは変わっとらんっていうたけど、咲もオシャレになって、すっかり東京の美容師さんって感じや」

お通しのきんぴらを箸《はし》でつまみながら、柊平はそういって笑った。確かに今日は、深緑のラップスカートに黒と白のボーダーTシャツという、いつもよりはだいぶ気を遣った服装だけれど、オシャレにはほど遠いし。

「えー、お世辞はいいって」

「俺ぁお世辞なんかいわん。本当にそう思っとる。綺麗《きれい》になったなぁ」

柊平はじっと私を見ている。持っているジョッキにはまだ泡だったビールが半分以上残っている。まだ酔うには早すぎるのではないだろうか。

「え、えーっと、そういえばなんでうちの両親に会ったの?」

なんだか気恥ずかしくなって、さりげなく話題をそらす。

「あー、この間うちにおじさんとおばさんが遊びに来たとって。俺もたまたま連休で実家に帰っとったから、一緒に飲んだと。おじさん、休みの日は相変わらずうちの親父と釣りだなんだと遊んどるしな」

「へー仲いいなぁ。柊平んとこのおじさんとおばさんは元気?」

「あー元気元気。元気すぎてウザいわ。この間も、親父が『早《はよ》う結婚しろ、俺の部署にお前と同じくらいの女の子がおるから紹介してやるばい』とか言い出してなぁ」

「そっかー。学校にはいい人いないの? 職場結婚もありだと思うけどなあ」

「いやぁ、同僚と結婚はないなぁ。それに、忙しすぎてそんなこと考えとる暇もなかばい」

「あー、先生って部活だテストだ学校行事だって、忙しそうだもんね」

「そうそう、進学指導やら就活やら、もうわけが分からんわ。部活の面倒も見とるしなぁ。でも、俺そろそろ身を固めないかんとは思っとる」

「へえ! もしかして彼女ができたとか?」

「いや、おらん。でも好きな女はおる」

「え！　ほんとに？　誰？　誰？」

柊平はあらぬ方向に目をそらした。

「ちょっとーなんで黙るのよ」

「いや……言いにくいなーと思って」

「誰にも言わないからさ、言っちゃいなよ」

「……じゃあ、言うわ」

柊平は景気づけみたいにビールをぐびっと飲むと、じっと私を見た。

「…………お前や」

「……え」

一瞬耳を疑ってしまった。いや、ありえない。東京に来てから一度も会ってないし。たぶん会うのも八年振りだし。なんで柊平はそんな相手を好きだなんて言うんだろう？

「ねえ柊平、もしかして酔ってる？」

「この程度で酔うか、アホ」

「え、じゃあこれ、何かのドッキリ？　もしかして罰ゲーム？」

「罰ゲームやない。俺ぁずっと咲が好きやった」

「え、い、いつから？」

「……分からん。気づいたらお前しか目に入らんくなっとった。本当はお前が東京に行く前に告白しようと思うとっけど……恥ずかしくて言い出せんかった。こんなこと言われたら気持ち悪いか?」

「……そんな風には思わんけど……」

柊平の顔つきは極めて真剣だ。酔っていないしドッキリでもないとしたら、これはきちんと伝えるべきだろう。

「あの、柊平。実は私、この間結婚したの。だから――」

「うん、おじさんたちから聞いて知っとる。分かってて奪いに来た」

真顔でいわれてドキッとしてしまう。結婚してても好きだとか奪うだとか、そんなドラマみたいなシチュエーションが私に訪れるとは思ってもみなかった。

「そーんなビビらんでも」

「いや、だってまさか柊平に告白されるとは思ってなかったから」

「俺も、まさか初恋の相手がこんなに忘れられんとは思わんかった。というか、今日会って惚《ほ》れ直した」

次は惚れ直したときた。私の人生で、こんなに情熱的に迫られたのは初めてじゃないだろうか。もっと早く言ってくれたらよかったのに。

「でも、私福岡に帰る気はないから、柊平とは一緒にいられないよ」

「別に、福岡じゃなくてもよかろうもん。俺がこっちに出てくるっちゅう手もある」

まさかそう来るとは。断る理由がなくなってしまったではないか。

「でも、私は……」

それでも何か言おうとする私を、柊平が苦笑いして手で制した。

「そんなに警戒せんでよかよ。ただ、せっかくこっち来るなら、ちゃんと自分の気持ちくらい伝えとこうって思っただけやけん」

柊平はそういってビールをあおった。

「困らせてごめんな。まま、飲もうや」

「あー……うん」

ビールを注いでくれる柊平の顔がまともに見られない。だって、そんなにずっと私を好きでいてくれたなんて。

私の中ではひょろひょろで頼りない柊平のままだったから、一人前の男の顔をして私に告白してきた目の前の彼とのギャップが激しすぎて、戸惑ってしまう。

その後、柊平はかつての同級生の近況をあれこれと話してくれた気がするが、私は曖昧《あいまい》に相づちを打つばかりで、ちっとも話が頭に入ってこなかった。

柊平が明日も朝から会議に出なくてはならないというので、十時くらいで切り上げて解散することになった。

「はーいい店やったなぁ。酒もつまみもうまかった」

「気に入ってもらえてよかった。そういえば柊平ってどこ泊まってるの？」

「んー大崎《おおさき》……やったかな」

「うわ、遠いね。わざわざこっちまで来てくれてありがとね」

「いやぁ、気にせんでよかばい。こんなオシャレなとこ、自分じゃなかなか来んし」

駅に着き、改札行きのエレベーターに向かおうとしたところで、柊平が急に立ち止まった。

「咲、あのさ」

柊平は私に向き直り、手を握りしめた。

「さっきはかっこつけてあんなこと言ったけど……もし俺にもチャンスがあるなら、ほんとにお前を――」

「……あ」

私たちの数メートル先で、じっとこちらを見ている眼鏡の男性がいるのに気づいた。私と目が合った途端、玲司さんはつかつかと私たちのもとへ近づいて来た。

「れ、玲司さん⁉ ここ、こんばんは。あの、どうしてこんなところに」

「今日は遅番だった上に残業をしていたので、こんな時間になってしまいました。最後のカウンセリングが長引いてしまって」

「そ、そうですか、えっと、あの」

「咲、この人誰？」

突然現れた玲司さんを見て、柊平が怪訝《けげん》そうな顔をする。私が彼を紹介しようと口を開くと――

「自己紹介が遅れました。私は咲の夫の成嶋《なるしま》玲司と申します。どうぞよろしくお願いいたします」

玲司さんがいつもの調子で滑らかに自己紹介を済ませてしまった。

玲司さんが私の夫だと知った途端、柊平が人なつこそうな笑みを浮かべる。

「あ、咲の旦那《だんな》さんでしたか！　俺は咲の友人の空閑柊平いいます。咲がいつもお世話になっとります」

「こちらこそ。咲と仲良くしてくださってありがとうございます」

「いやぁ、長々とお借りしてすみません。あ、機会があったら旦那さんもぜひ一緒に飲みましょう」

「私はお酒はあまり飲まないので、ノンアルコールでよろしければお付き合いいたします」

「あー全然よかですよ！　じゃあ、俺はこれで失礼します。咲、またな」

「う……うん。またね」

（さっきの、見られてたかな）

柊平を見送った後、隣に立っている玲司さんの横顔をちらりと盗み見る。けれど、いつも通りの無表情で全く感情の動きが読み取れない。

「玲司さん、こんな時間まで残業だなんて大変ですね。もう夜の十時半ですよ」

「僕たちの仕事はお客様次第ですから、たまにはこういう時もあります。ところで」

「はい？」

「……あなたの格好がいつもと違うようですが、どうしたんですか？」

玲司さんが私の方へわずかに顔を向けてそう言った。

「あーこれですか？　久しぶりに友達と飲むから、ちょっとおしゃれしちゃいました」

「そうですか」

玲司さんはそれだけ言うとまた正面に顔を向けた。自分から話を振っておいてその反応はないだろう。『似合ってますよ』くらい言えないのかこの人は。

さっき柊平に『綺麗になった』なんて言われた後なので余計に苛立《いらだ》ってしまう。この人は私がどんな格好だろうがどうでもいいのは分かっているのに。

（そういえば、柊平の話を玲司さんにしておいた方がいいのかな）

話というのはもちろん、告白アンドプロポーズをされた件だ。玲司さんと別れるなんて考えてないし、こっそりお断りして私の胸に秘めておいてもいいんだけれど。

（でも、なんかやっぱり、黙ってるのは気持ち悪いな）

のばらさん来襲事件以来、私たちは『隠し事はしない』という新ルールを制定している。のばらさんのことを黙っていた玲司さんにあれだけ説教しておいて、自分だけ都合が悪い話を隠しておくのはやっぱりフェアじゃない。

（ああでも、なんて切り出せばいいんだろう）

いきなり『幼なじみに結婚してくれっていわれちゃった♪』なんていったらモテ自慢してる自意識過剰女みたいだ。でも深刻そうに話したらそれはそれで反応に困るだろうし。

ただ報告をしておきたい、それだけなんだけど。

「何か僕に話がありそうですね」

一人で悶々《もんもん》としていると、玲司さんがちらりとこちらを見た。

「私、また百面相してましたか？」

「ええ。思い切り。何か悩んでいるとお見受けしました」

そうだった。この人私を見てないようで結構見ていたんだった。せっかくあちらから話を振ってくれたんだし、ここはさっさと打ち明けてしまった方がよさそうだ。

「実は、さっき一緒にいた幼なじみに、『昔からずっと好きだった、結婚してほしい』って言われちゃいまして」

「そうですか」

「でも、私結婚してるからって言ったんですけど、自分が福岡から出てきてもいい、気持ちが変わるまで待つからって。そこまで言ってくれるのはありがたいけど、もう相手がいるのにそんなの無理ですよねー」

「別に、構いませんが」

「……え？」

玲司さんの発言を聞いて、私は耳を疑った。

「あの、今なんて言いました？」

「構わない、と言いました。もともと僕たちは、利害が一致しただけの契約結婚です。あなたにとってより都合がいい相手が現れたのなら、そちらへ乗り換える方がよいでしょう」

「……どうして、そんなこと言うんですか？」

あまりの衝撃に、それだけ口にするのがやっとだった。反応が冷淡なのはいつものことだ。けれど、せめて『契約違反は困る』くらいは言ってくれると思っていた。

「僕はもともと、のばらに僕を諦《あきら》めてもらうために結婚相手を探していました。けれど、あなたの協力のおかげで彼女は新しい道を歩き始めることが出来た。ですから、新しい相手が見つかったのなら、あなたはもう僕と無理に婚姻関係を結ぶ必要はありません」

「でも、のばらさんはあなたが離婚したって知ったら、また追いかけてくるんじゃないですか?」

真っ白な頭でどうにか反論を絞り出す。あの、のばらさんが簡単に諦めるはずはないと、玲司さんだって分かっているはずだ。

「それについては、僕がどうにかします。離婚した事実を告げなければ、しばらくは大丈夫でしょうし」

どうして、どうして、どうして。ぐるぐる同じ言葉が頭を回る。どうしてこの人は、『どうにかする』なんて言うんだろう。どうして離婚を前提に話を進めているんだろう。たった一言『無理だ』って答えてくれたらいいだけなのに。

足下からガラガラと何かが崩れていく音が聞こえた気がした。

入籍して一緒に暮らし始めて三ヶ月。このまま一緒にいるのも悪くないな、と思い始めていたんだけれど、そう考えていたのはどうやら私だけだったらしい。

彼にとっては、無意味な三ヶ月だったのだ。

「……今すぐというのは難しいと思うので、よく考えて結論を出せばいいと思います」

玲司さんの言葉が冷え切った心へさらに氷水を浴びせかける。もう何も言い返す気が起きない。私はただ黙ってうつむいた。

＊＊＊

結局帰宅してから一言も会話を交わさず、就寝時間となった。

布団に潜り込んだのはいいけれど、全く眠れる気がしない。

(私、なんでこんなに傷ついてるんだろ)

彼の言うとおり、私たちは書類上だけの仮面夫婦だ。だったら、ちゃんと私を好きでいてくれる柊平の方がいいに決まっている。

しかも自分が福岡から出てきてもいいと来た。こんな好都合な話はないだろう。

(……私は、二人で暮らすの結構楽しかったんだけどな)

布団を頭まですっぽり被《かぶ》って胎児のように丸まる。餃子《ギョーザ》パーティーで手際よく餃子のタネを作っていたところだとか、スーパーで見切り品を真剣に選んでいたところだとか、ファミレスで背中を丸めてコーヒーをすすっていたところだとか、そんな些細《ささい》な思い出ばかりが浮かんでくる。

『それでも僕は、彼女じゃないと駄目なんだ。彼女しか考えられない』

のばらさんとマンションで対峙《たいじ》した時の玲司さんの言葉が脳内再生される。

あの言葉には少しは心がこもっているのではと期待していたけれど、やっぱりあれは、彼女を追い払うための方便だったんだろうか。

（あ、なんか泣けてきた）

なんでこんなに玲司さんの一言に心をかき乱されているのか自分でも分からない。自分で自分に混乱している。

隣に玲司さんがいるのは分かっているので、泣くに泣けなくてぐずぐず鼻をすっていると、枕元の携帯がメール着信を告げた。

（こんな時間に誰だろ）

もぞもぞと布団から這《は》い出して携帯を確認すると、母親からだった。また説教か、と一応メールを確認する。すると——

『件名：東京
明日、お父さんと二人で十二時の便で東京へ行きます。旦那さんを交えて話がしたいとお父さんが言っています。忙しいだろうけど、夜時間を作れませんか？　連絡ください』

「はぁあああああ!?」

うっかり大声を上げてしまい、慌てて口を押さえる。

（いくらなんでも明日って。しかも、もうすぐ今日終わるし！）

玲司さんに会話を聞かれたくないので慌てて洗面所へ行き、ドアを閉めて母親へ電話をかける。うちの両親はそろそろ寝る時間だろうが、待っていたら飛行機で飛び立ってしまう。

もう熟睡していたらどうしよう、とはらはらしたけれど、無事に母親が出てくれた。

『もしもし』

「もしもし？　咲だけど。あのね、さっきメール見たんだけど」

『あーそうそう。明日東京に行くんやけど、お土産何がよかね？　博多通りもんね？　ふくやの明太子《めんたいこ》ね？』

「あっ、明太子がいいな……じゃなくて！　何でそんないきなり東京に来ることになったと？」

母親につられてついつい博多弁が出てしまう。柊平と飲んでいた時もそうだったけど、生まれ育った土地の言葉というのはもう脳に染みついているのかもしれない。

『だーって、あんたがメールの返事くれんし、お父さんからの電話も出らんけん、もう会いに行くしかなかってお父さんが言うから』

「なんで止めんの!?　めちゃくちゃやん」

『でも、早めに行くっちゅうたら逃げるやろ』

「うっ……」

さすが私の両親、行動パターンをすっかり読まれている。もうこうなったら観念するしかなさそうだ。

『とにかく明日行くけん。夜なら空いとるやろ？　玲司さん言うたかね？　旦那《だんな》さんも一緒に話がしたいってお父さんが言うとるから』

「……ホテルどこ？　私、店出るの九時くらいだと思うから、遅くなるよ」

『品川《しながわ》やけど、あんたそんな遅い時間まで仕事しとるとね？　お父さんが言いよったけど、最近ブラック企業っちゅうんが問題になっとるんやろ？　あんた、大丈夫ね？』

「いや、美容師はこれが普通だから！　とにかく、それより早くには行くのは無理だからね？　そっちに着くのも十時くらいになるよ」

『そうね。じゃあそれくらいにロビーに降りとくけん。お店はどうやって探そうかねぇ。その時間じゃホテルのレストランも開いとらんやろうし』

「私が探しとく。玲司さんにも伝えておくから」

『そうね。じゃあお願いするわ。じゃあ明日早いけんそろそろ寝るわ。おやすみー』

「……おやすみ。気をつけて来てね。仕事終わったら連絡するから」

電話を切った後、私は鼻からふーっと息を吐いて目を閉じた。

結局、母親のペースに巻き込まれてしまった。でも、これで会わないなんて答えたらどんな手段を使ってでもうちのマンションに来るかもしれない。これが年貢の納め時なのだろう。

（玲司さんに電話の件を伝えなきゃ。ああ、今話したくないんだけどなぁ）

ただでさえ玲司さんと気まずくなってしまったというのに、更にこんな言いにくい話をしなくてはならないなんて。自業自得だけど、よりによってこんな時に東京に来なくてもいいのに、と両親を逆恨みしてしまう。

（ともかくさっさと伝えて終わらせよう）

私は寝室の戸を開けて自分の布団の上に座り、パーティションの向こうにある玲司さんゾーンに向かって声をかけた。なるべく顔は見たくないので、あえてのパーティション越しだ。

「玲司さん、うちの両親が明日……というか今日の昼、東京に来るそうです」

「今日ですか。随分と急ですね」

「ええ。それで申し訳ないのですが、両親が玲司さん同伴で話がしたいと言ってまして。仕事の後、私と一緒に来ていただけないでしょうか？」

「構いませんよ。何時頃ですか？」

「私の仕事が終わる時間に合わせてもらってるので、九時過ぎになります。玲司さんの方が先に仕事が終わると思いますので、阿佐ケ谷《あさがや》駅で待ち合わせにしましょうか」

「分かりました」

あっさりと承諾してくれてほっとする。こういう時彼が淡々と話を進めてくれるのはとてもありがたい。ともかく私の義務は果たしたと寝床に潜ろうとすると、

「ご両親に手土産は必要でしょうか？」

パーティションの向こうからそんな質問が飛んできた。

「あー……気にしなくていいと思いますが、玲司さんが気にするなら東京ばな奈でも持って行ったらどうでしょうか」

「分かりました、そうします。ではおやすみなさい」

玲司さんが立ち上がる気配がして、電気のスイッチを押すパチンという小さな音と共に、ふっと部屋の中が暗くなった。

もう玲司さんも休むらしい。いつもより早い気がするけれど、もしかして私との間に流れている微妙な空気が原因だろうか。

（いや、玲司さんがその程度で動揺するわけないか）

気詰まりな用事を済ませたとたんに気が抜けたのか、頭がほどよくぼんやりしてきた。これをとっかかりにうまく眠れることを願おう。

＊＊＊

そしてその日の夜になった。あっという間に閉店時間になり、片付けもさくっと終わってしまった。

こんな日に限って何もかもがスムーズに終わるなんて、見えない力が作用しているに違いない。

「西依《にしより》、アンタもう帰っていいわよ。今日はご両親が来るんでしょう?」

馬鹿丁寧に床に落ちた小さなゴミまで拭《ふ》き取っている私の肩を、店長がぽんと叩《たた》いた。

なんだか、私に向けるまなざしがいつもよりいたわりに満ちている気がする。

「あっ、いえっ! ここ片付けたら帰りますから!」

「咲先輩、片付けならわたしがやっておきますから、早く行った方がいいですよぉ」

「そうだよ。ご両親、わざわざ福岡から来てるんでしょう? たまには親孝行してきなよ」

窓花ちゃんと莉子がそろって私からぞうきんを取り上げようとする。本当はここに泊まり込んで延々と掃除していたい気分なんだけど。朝、ミーティングで正直に親が来ることを告げてしまった自分が憎い。

「あー……うん。ありがとう。じゃあ私、お先に失礼するね」

「はい! お疲れ様でーす」

「ご両親によろしくね!」

「親は大事にすんのよ!」

ああ、皆の優しい笑顔が痛い。私は半笑いで皆に手を振り、帰り支度をするためにスタッフルームへと入った。

阿佐ヶ谷駅へ向かうと、玲司さんはもう待ち合わせ場所へ来ていた。

「遅くなってすみません！」

「いえ。私も今来た所なので大丈夫ですよ」

玲司さんはいつものスーツ姿で改札前に立っていた。多分仕事が終わってから着替えずに待っていたのだろうけれど、相変わらず全くスーツも髪の毛もよれていないのはすごい。

いつもと違うところと言えば、手に『こうさぎ堂』と毛筆で書かれたようなロゴが印刷された白い紙袋が提げられているくらいだろうか。

「玲司さん、それお土産ですか？」

「はい。東京ばな奈にしようか悩んだのですが、うちの近所に有名な和菓子屋があるのを思い出したので、そちらにしました」

「そうですか」

いつもなら会話を盛り上げようと『わあ、どこですか？』なんて聞いたりするんだけれど、今日はとてもそんな気が起きない。玲司さんも同じなのか、いつもより口数が少ない。

「では、そろそろ行きましょうか」

「そうですね。その前に、両親にメール入れときますね」

母親宛《あて》に『今から電車に乗るので、十時くらいになります』とメールを入れる。ああ、ついに品川へ向かわなくてはならない。出来るならこのままUターンして家に帰りたい。私は暗澹《あんたん》たる気持ちでICカードが入っているパスケースを取り出し、改札のICカードリーダーへ押しつけた。

玲司さんと二人でホテルのロビーへ向かうと、両親はもうソファーに座って待っていた。

父親は薄いベージュのシャツのボタンを一番上まで止め、濃いめのグレージュカラーのジャケットを羽織って黒のスラックスを穿《は》いている。

そして母親は、黒のワンピースにグレーのノーカラージャケットといった、まるで参観日のような格好をしている。

母親に至っては白髪染めもばっちりだ。両親がこんなかしこまった服装で来るとは思っていなかったので、面食らってしまった。

フォーマル気味の格好をしている理由は娘の結婚相手に会うからなのか、それとも遠路はるばる福岡から旅行に来たからなのかは分からないけど。

「お父さん、お母さん、遅くなってごめんね。こちらが私の夫の玲司さんです」

「初めまして、成嶋玲司と申します。このたびは結婚のご挨拶《あいさつ》が遅れてしまい大変失礼いたしました。こちらはほんの気持ちです」

玲司さんは深々と頭を下げ、両親へ紙袋を手渡した。両親は百六十センチジャストの私より更に背が低いので、玲司さんは少し膝《ひざ》を曲げてしゃがみ込むような姿勢になっている。

「ご丁寧にどうも。咲がお世話になっております。あの、空港で買ってきたんで良かったら二人で食べてください」

母親がぺこりと頭を下げて玲司さんの手渡した紙袋を受け取り、代わりにふくやのロゴが入った紙袋を玲司さんへ差し出す。けれど父親はその横でむっつりと黙りこくったままだ。

(何これ。挨拶くらいすればいいのに)

玲司さんが気にくわないのは分かっているけど、あからさまに不機嫌そうにするのはさすがに失礼ではないだろうか。一言もの申してやろうかと思ったけど、出会い頭で大げんかになってもいけないので、ぐっとこらえる。

「とりあえず、お店に移動しようか」

心を無にして両親にそう告げ、私は歩き出した。玲司さんと両親もぞろぞろ後ろについてくる。

誰も口を開かず会話がないのがまた寒々しい。

目的地までの距離はそう遠くないはずなのに、一歩一歩がやけに重たく遠く感じた。

あらかじめ見繕っておいた深夜営業のカフェへと入る。夕食は済ませておくと事前に言われていたので、お茶が飲めるところがいいだろうと思ったのだ。

「なんね、せからしかとこやねぇ。夜中なのにえらい人やし」

「メニューが舌かみそうな名前ばっかでなんかよう分からんな」

両親は、こじゃれた雰囲気のカフェが居心地が悪いのか落ち着かない様子だ。もしかしてファストフード店の方がなじみがあってよかったのだろうか。

「あの、気に入らないなら別の店入るけど」

「そげなこと言うとらんやろ。ここでええ」

父親が厚ぼったいまぶたの向こうから、ぎろりと私をにらんだ。こういう人だと分かっているけど、ぶっきらぼうに言われると喧嘩《けんか》を売られているみたいでいら立ってしまう。

玲司さんはそんな私たちのやりとりを黙って眺めている。

両親といると、いい感じで積み上げてきた東京での『私』の皮が容赦なく引っぺがされていく感じがして居心地が悪い。だから会いたくなかったんだけど。

ひとまず全員注文を終えて一息つくと、話すことがなくなって会話が途絶えてしまった。

重苦しい沈黙の中、母親がおずおずとオレンジベージュの口紅を塗った唇を開く。

「あのう、玲司さん。咲とはどこで知り合《お》うたんですか？」

「友人の紹介で出会いました」

「そのお友達っちゅうんは、どういう関係なんですかね？」

「友人主催のバーベキュー会があり、そこに咲さんが来ていたので紹介していただきました」

よくぞここまでありもしない事実をでっち上げられるものだと感心する。あまりにも時間がなかったので、事前にほとんど打ち合わせをしていない。でもこの様子なら玲司さんに合わせて相づちを打っていれば、なんとか乗り切れそうだ。

「東京は家賃やらなんやら高いとでしょう？　二人になると大変やなかですか？」

「問題ありません。咲さんが生活費も家賃も折半してくださっているので、助かっています」

母親がものすごく微妙な顔つきになった。

しまった。多分母親は玲司さんが私を養っていると思っていたのだろう。これは事前に口止めしておくべきだったと後悔した。

「そ……そうですか。まぁ最近は共働きやないとやっていけんって言いますしねぇ。そういえばこの子、ものぐさやし料理も家じゃようせんかったけど、そっちではどうですかね？　玲司さんに迷惑かけとらんですか？」

「いえ、我が家は自分のことは自分でするというルールを定めておりますので。生活時間がバラバラなので、食事も別々にとっておりますし」

「家族やったら飯くらい一緒に食わんといかんやろ」

それまで仏頂面でブレンドコーヒーをすすっていた父親が、いきなり口を挟んできた。

「ですが、咲さんは帰宅が遅いので」

「あんたが待っとったらよかばい。家族やけんそれくらい当たり前や」

「休みの日は一緒に食べとるけんそげん言わんで！　お父さんには関係なかろうもん」

しまった。つい父親に反論してしまった。ここはフォローを入れて穏便にやり過ごすべきだったのに。

「……そうですね。僕が待つという選択肢は考えていませんでした。前向きに検討させていただきます」

「お……おぅ……」

馬鹿丁寧な玲司さんの切り返しに、父親が口ごもる。どうも玲司さんのような、理路整然と切り返すタイプは苦手なようだ。

「すみません、僕はお手洗いに行ってきます」

玲司さんが立ち上がり、トイレへと向かう。彼の姿が見えなくなった途端、母親が私にぐっと顔を寄せ、ひそひそと耳打ちした。

「あんたぁ、あの人とおって本当に大丈夫ね？」

「大丈夫って。なんでそげなこと言うとね？」

「だって、なーんか冷たそうな人やないの。ずっと笑わんし、しゃべり方も機械みたいやし」

なんだか母親の反応に既視感があるなと思ったら、自分が初めて玲司さんと出会った時に受けた印象とそっくりだった。この人は第一印象で勝負しなきゃいけないような場面では、めちゃくちゃ不利なタイプかもしれない。

「しかも、一緒に暮らしとるのにご飯も待っててくれんとやろ？　あんた生活苦しいとやろうに家賃も生活費も折半げな。本当にあんたを好きとは思えんとやけど」

「家賃と生活費は私が払いたいって言うたし、ご飯は私も好きに食べたいけんいいと。なんでそんなに玲司さんが嫌なんよ？」

「嫌っちゅう訳やないけど……」

「俺ぁ虫が好かん。あんなすかした男のどこがよかとか」

「は？」

父親の余計な一言に、またもや私も応戦モードになってしまった。

「お父さんに何《なん》が分かるとね？」

「分かる。あいつぁお前以外に女がおるか、詐欺師。じゃなきゃあげな男前がお前と結婚するわけなかろうもん。どうせお前も、こっちに帰りたくないっちゅうて慌てて結婚したんやろ」

私が慌てて結婚した点についてはずばりその通りだけど、他は完全に偏見だし言いがかりだ。頭に血が上って怒鳴り散らしそうになるのをぐっとこらえる。ここがカフェじゃなくて実家だったら、怒鳴り合いに発展しているところだ。

美容室ではどんなお客様にも笑顔で接することができるのに、どうして自分の親だけは駄目なんだろう？

私たちが険悪になったのを察して、母親がさりげなく間に入ってきた。

「お父さんはあんたを心配しとっとよ。そうだ、この間柊平君に会うたんやけど、あの子はどうね？　バツイチでも気にせんって言うとったよ。離婚する時に妊娠してなかったら、すぐに再婚していいって法律に変わったって前にニュースで言っとったし、ちょうどいいとやない？」

そこで、かちっと頭の中で何かピースがはまったような音がした。

「ねえ。私もこの間、柊平がこっちに出張に来るって連絡もらって飲みに行ったんやけど、もしかして」

「あ……そ、それは……」

バツが悪そうに口ごもる母親の横で、父親がいけしゃしゃあと言い放つ。

「俺が頼んだ。見合い相手の候補は何人かおったけど、あの子ならしっかりしとるし、小さい頃からお前をよう知っとるけんな。安心してお前を任せられるわ」

「なんでそげなこと勝手に決めると!?」

とうとう耐えられなくなって怒鳴り散らしてしまった。周りに座っている人たちの視線が一斉にこちらに集まる。けれど構わず私は大声でまくしたてる。

「お父さんはいつもそう！　私の話なんてちぃとも聞かんで勝手に決めて！　私の人生なんやけん好きにさせて！」

「咲、大声出さんで。お父さんも落ち着いて、ね？」

私をなだめようとする母親の努力むなしく、父親が更に私の怒りの炎に油を注ぐ。

「美容師ちゅうても開業でもせんと一生安月給でこき使われるだけやろ。こっち帰ってきて店出すなら俺たちも援助してやれるし、柊平君もお前を支えたい言うてくれた。その方が将来的にいいやろ？」

「私は福岡には帰らんって言うとるやろ」

父親をにらみ付けると、呆《あき》れたようにため息をつかれてしまった。

「なんでそんなに東京《こっち》にこだわるん？」

「……こっちの方が、いい美容室いっぱいあるし」

「実家を出たかっただけやろ。福岡にもいい美容室はたくさんあるやろ」

父親に反論されてぐうの音も出ない。そう、専門学校を卒業して東京の美容室に就職を決めた時は、とにかく実家が窮屈に感じて、飛び出したい一心だった。

「……でも、今は違うし」

我ながらもっとまともな切り返しは出来ないものかと思ったけれど、説明が下手くそなのだから仕方ない。

餃子《ギョーザ》パーティーの時に語らされた、私の美容師ヒストリーを録音でもしておけば良かった。聞かせた所でへそ曲がりの父親が、はいそうですかと納得してくれるとは思えないけど。

「お前なぁ……今はまだ若いけんいいけど、もっと年食って潰《つぶ》しがきかんくなってからじゃ遅かろうもん？」

「だから今頑張っとるんやろ。店長だって前よりは給料上げてくれとるし、うちは美容室の中ではまだ待遇がいい方なんよ。それにこれからネイルやらメイクも勉強すれば、もう少しは……」

「あーもう、そういう話をしに来たんじゃなかと！」

なんとか食い下がろうとしたけれど、父親に遮られてしまった。

「とにかく悪いことは言わん。あの詐欺師とは離婚して——」

「ただいま戻りました」

玲司さんの声で、一同ぴたりと会話をやめて黙り込んだ。

「あ……玲司さん、遅かったですね」

誰も何も言おうとしないので、母親がおずおずと玲司さんに話しかける。

「ここはお手洗いが店外だと案内されたので、移動に若干時間がかかってしまいました」

「そうですか。あの、もう遅い時間なんで、そろそろお開きにしてもらっていいですか？年取るとどうも夜更かしがつらくて」

母親が愛想笑いで取り繕っている中、私と父親はお互いが視界に入らないようにあらぬ方向を向いている。

玲司さんは何かを察しているのかいないのか、極めて冷静な様子で頷《うなず》いた。

「そういうことなら、僕たちはこれで失礼します」

「はい。今日はどうもありがとうございました。じゃあね、咲。またね」

母親はまだむくれている父親を引っ張り、そそくさとレジへ向かった。


電車の中は、スーツ姿のサラリーマンやオフィスカジュアルっぽい服装の女性がひしめき合っている。こんな時間まで仕事とはご苦労なことだ。

そんな中、玲司さんはつり革をつかんで、ぼんやりと窓の外を眺めている。

(さっきの、聞かれてた……よね？)

ちらりと玲司さんの横顔を盗み見る。私も父親もかなり声が大きかったし、あのタイミングで戻ってきていたら耳に入っていたはずだ。

でも、さすがにこちらから『私たちの会話、聞こえてましたか？』なんて聞けない。

玲司さんから切り出してくれないかなと思ったりしたけど、もし聞いていたとしたら、あんな地雷原を踏んづけるような発言について言及できないだろう。どちらかが聞いてしまえば一瞬でドカン。二人そろって大爆死だ。

(でも、気になる……)

「あの、玲司さん」

「はい、なんでしょうか？」

玲司さんに話しかけると、僅《わず》かに顔をこちらへ傾けた。

「この時間の山手線《やまのてせん》って、結構混んでるんですね」

「そうですね」

「私、あんまりこっちの方には来ないからなんか新鮮です」

「そうですか」

会話はそこで途切れて、玲司さんは再び視線を窓の外へと戻してしまった。冗談めかして例の件についての話を持ち出せたらと思ったんだけど、私には難易度が高すぎたようだ。

(でも、聞けなくてよかったのかも)

いくらなんでもあの発言はひどすぎた。聞こえていたとしたら、いくら鋼の心臓を持つ玲司さんでもさすがに怒るか傷つくかしているだろうし。

でも、このままなかったことにして終われるのだろうか。このままでは二人の間に溝が出来たままだ。せめて私から詫《わ》びるべきではないだろうか？

（あああ、もうわかんなくなってきた。全部お父さんのせいだ）

どうしていいか分からず、私はつり革の手すりを握りしめてつま先をじっとにらみ付けた。


布団に潜り込んでも、目が冴《さ》えて全く眠れる気がしない。ここ数日ずっとこんな調子だ。いっぺんにいろんなことが起きすぎて、頭がついていかない。

（それにしても、まさか柊平がうちの親と組んでたなんて）

思い込みが激しい父親が考えそうな計画だ。でも、それに乗る柊平も柊平だと思う。飲み会の時熱烈に口説かれてドキドキした私の純情を返して欲しい。

（あ、また腹が立ってきた）

カフェで父親と大げんかした時の、はらわたが煮えくりかえる感じがよみがえってきてしまった。あの時、玲司さんが戻ってきて半端に話が打ち切られてしまったせいで、私の怒りは不完全燃焼に終わってしまったし。

（こうなったら柊平を問い詰めてやろう）

両親と結託して私をだましていたんだから、私へ経緯を説明する義務があるだろう。私は枕元の携帯を引き寄せ、勢いに任せて柊平宛のメールを打ち始めた。

＊＊＊

翌日、土曜日の夜。前回同様吉祥寺の駅構内で柊平と待ち合わせて、駅近くの喫茶店へと向かった。

私が送りつけた怒りのメールを見ているせいか、この間と打って変わって柊平は口数が少なかった。

「……咲には本当、すまんかったと思っとる」

喫茶店に通されて席につくなり、柊平はテーブルに頭を打ち付けそうな勢いで頭を下げた。

「お父さんから聞いてびっくりした。なんでこんなことしたん？」

「実は、うちにおじさんが来たとき、『咲が東京で変な男にだまされて結婚したんやけどどげんすればよか？』って相談されたけん……」

「は？　別にだまされとらんよ!?」

うちの父親は玲司さんをどれだけ色眼鏡で見ているんだろうか。さすがに呆れてものが言えない。

「おじさん、心配しとったよ。咲は美容師になって結構たつのに、なかなか生活が楽にならんって。だから、今回の件もお前のためを思ってやったんだと思う」

「心配してるのは分かってるけど、だからってここまでせんでも」

「あんまりおじさんを責めんで。おじさんは冗談のつもりで言うとったとやけど。まさか本当に俺がお前を好いとうとは思ってなかったみたいやけん。それを利用して俺がなんとかするけんっておじさん達に持ちかけた。自分が東京に出張にいくタイミングで二人にチケットを取らせたのも俺やけん。だから、本当に悪いのは俺なんや」

「じゃあ、お父さんが柊平を引っ張ったんじゃなくて、逆だったたん？」

「うん。全部俺が仕組んだ」

　柊平の顔には苦悩が滲《にじ》んでいた。私の父親を悪者にして言い逃れしてもいいはずなのに、私に嫌われるのを覚悟で打ち明けてくれているのだろう。

「おじさんたちを巻き込むなんて卑怯《ひきょう》やと自分でも思っとる。お前を好きなら正々堂々、向かっていくべきやって。でも、きっとお前にプロポーズできるのはこれが最初で最後やけん。だから、失敗したくないって思ってしもうた。おじさん達を味方につければ、お前も応じてくれるかもしれんけん」

　ひりつくような真剣さに、私は何も言えなくなってしまった。ここまでして私と結婚したいと思っているなんて。

　確かに彼のやったことは卑怯だと思うし腹立たしい。けれど、どうしても彼を軽蔑《けいべつ》できたんだけど。柊平が言ってたんだ、ない。

「……お父さん達は、福岡で私が店をやればいいって言うとったけど。柊平が言ってたんとどっちを信じればいいいん？」

「俺は、お前がしたいようにすればいいと思っとる。お前と最後に話した時、東京で頑張りたいって目ぇキラキラさせて語っとったのよう覚えとるけん。だから出来たら、俺もそばにいてお前を支えたいと思っとる」

「う……私そんな話してたんだ……」

「ああ。だからおじさん達には悪いが、お前が福岡に帰る前提じゃないと乗ってくれそうにないから、言えんかったけど。咲が今の仕事辞めたくないちゅうなら俺、こっちで教師の職を探す」

「でも、柊平だってせっかく先生になったのにもったいないよ。受け持ちの子を投げ出すわけにいかんやろ？」

「今受け持ってるクラスが三年やけん、そいつら卒業させたらこっちに来る。私立ならこっちの方が教師の口も多いやろうし、なんとかなるやろ」

どうしよう。柊平をつついてボロを出させて断るつもりだったのに、逆に私が追い詰められている。まさかここまで彼が覚悟していたなんて思ってもいなかった。

『もともと僕たちは、利害が一致しただけの契約結婚です。あなたにとってより都合がいい相手が現れたのなら、そちらへ乗り換える方がよいでしょう』

飲み会で柊平にプロポーズされたと打ち明けたときの、玲司さんの冷ややかな態度を思い出す。つま先からすーっと冷えていくような感覚が蘇《よみがえ》って、胃がきゅっと縮み上がった。

だから柊平のまっすぐさが眩《まぶ》しくてたまらない。柊平と一緒になれば、相手を思いやって尊重して、気持ちを素直に伝えられる優しい関係を築けるに違いない。きっと彼とならば幸せになれるだろうな、と思う。

何を考えているか分からない玲司さんより、柊平を選んだ方が私にとってもベストなんじゃないだろうか？　父親のいうことを受け入れるのは癪《しゃく》だけど、確かに彼なら子供の頃から私をよく知っているし。

「咲。俺ぁお前を幸せにしたい。いや、絶対する。だからもう一度考え直してくれんか？」

うつむいている私の手を、柊平がそっと握った。力強くて温かい手。この手を取って握り返せば、それですべてが終わる。

「咲。答えを聞かせてくれんか？」

柊平にいわれて、私は下を向いたまま、首を横に振った。

「……ごめん。まだ私、よう分からん」

「分からんちゅうのは、俺にもチャンスがあると思っていいんか？」

「……それも分からん」

何を私は逡巡《しゅんじゅん》しているのだろう。柊平をこれから好きになれる保証はない。でも可能性はある。玲司さんと暮らした時みたいに、ゆっくり関係を深めていけばいい。

頭ではそう分かっているのに、心がついていかない。

「……悪い。急《せ》かしすぎたな」

柊平は重ねた手をそっと離して、ひっそりと微笑んだ。

「東京《こっち》にいるうちに決めないかんと思うて焦ってしもうた。なぁ、お前の気持ちが変わるまで待っていてもよかか？」

答えられなかった。

紙切れ一枚で結ばれた薄っぺらい関係を断ち切るなんて簡単なのに、どうしても踏み出せない。

「……柊平。ちょっと、一人で考えさせて」

「……分かった。メールでもいいけん、返事は必ずくれ。でないと俺はいつまでもお前を待ってしまうから」

柊平はそう言って目を細めて笑った。

再会した時と同じ笑顔のはずなのに、今日は少しだけ哀しそうに見えた。

＊＊＊

――僕は小さい頃から、何でもそれなりにこなせていたし、大人になってからも特に挫《ざ》折《せつ》の経験はない。けれど、恋愛だけはうまくいったためしがない。

女性にどう接していいか分からないし、自分の気持ちを伝えるのが苦手だったからだ。

僕だって、相手に優しい言葉をかけたいと思う。好意を抱いた相手だっている。けれどいつも失敗して、気がついたら相手が怒っていなくなってしまうのだ。そしていつも最後にはこう言われるのだ。

『あなたは人の気持ちが分からない冷たい男だ』と。

のばらにだけは優しく出来たけれど、それは彼女が僕より随分と年下で、妹だったから。兄としてどう接するべきか、という答えがあれば、どう振る舞えばいいか自然と分かる。

けれどそういう明確な大義名分がなければ、僕はどうしていいか分からなくなる。たとえ相手が妻だとしても、だ。

でも、そんなことを言っている場合ではなくなっているのは、薄々感じていた。決断のときはじりじりと僕の背後まで迫っている。それでも答えが出せなくて、僕は一人悶々《もんもん》とするしかなかった。

「……おはようございます」

朝七時十五分。いつものように朝食を摂《と》っていると、彼女が幽霊みたいにふらりとリビングへ入ってきた。

元々寝起きがよくない方だが、今日は一段と顔色が悪い。まるでゾンビのようだが、そこに触れるとまたデリカシーがないと言われそうなので黙っておく。

(昨日、何かあったのだろうか)

iPadをチェックするふりをして、ふらふらと洗面所へ向かう彼女を観察する。目の下にくまができている。あんなに黒ずんでいては、化粧で隠すのは難しそうだ。口にしたら怒られそうなので、何も言えないのだが。

『ちょっと柊平と話してきます』

——昨日仕事が終わって携帯を確認すると、彼女からそんなメッセージが入っていた。柊平さんと何故再び会う必要があるのか、一体何を話すのか。聞きたいことは山ほどあるが、結局適切な文章が思い浮かばず、『分かりました』としか返事ができない。

いつもそうだ。彼女に対して僕は伝えるべき言葉を飲み込んで、余計な言葉を口にしてしまう。自分がそのときどういう感情を抱いているのか、最適な答えが出せないのだ。

だからその代わりに、一目で見て分かる相手の状態を口にしてしまう。観察をすれば相手の感情を読み取れるようになるのでは、と思った結果、洞察力に優れているという評価を得て、今の仕事に繫《つな》がった。

元々以前の勤務先である文具メーカーの業績悪化により、転職を余儀なくされて今の職場を選んだのだけれど、自分には合っていると思う。

仕事では歯に衣着《きぬ》せぬ物言いも、アドバイスとしては有効なので許容されているし、実際それで上手《うま》くいく事例も多い。

けれどプライベートではそうはいかない。

同性であれば笑って許してくれる人間もいるので、少ないながら友人はいる。けれど異性となると壊滅的だ。

僕が女性を惹《ひ》きつける容姿なのも災いしたと思う。近づいてきた女性をことごとく傷つけて、自己嫌悪に陥ったこともある。けれど何がいけないのか、皆目分からないままここまで来てしまった。

『お前はある意味口下手だよな』と、学生時代の友人に言われたのを思い出す。

そうなのかもしれない。僕は他人の気持ちは推し量れても、自分自身の気持ちには驚くほど鈍く、言葉にして表せない。

彼女に初めて会ったときに即結婚を申し込んだのも、全く飾り気がないこの人なら、もしかしたら僕でもうまくやっていけるかもしれない、と感じたからだ。

──と気づいたのは最近になってからだ。我ながら鈍すぎると苦笑してしまう。

けれど、のばらと対峙《たいじ》したときに自分の口から出た言葉は、自分でも驚くほどはっきりとしていた。あれが僕の本心なのだと確信したのは、最近になってからだ。

（もう、遅いのだろうか）

コーヒーカップの底に溜《た》まったコーヒーを見つめながら考える。僕は彼女を傷つけてしまった。そんな自分に、側にいてくれと引き留める権利はない。

「……行ってきます」

消え入りそうな声で彼女がつぶやき、玄関へと消えていく。程なくして、バタンとドアを閉める音と、階段を降りていく足音が聞こえた。

もしかして、と思って洗面所にいくと、彼女が愛用しているメイクボックスが床に置きっぱなしになっていた。

僕は黙ってメイクボックスを抱え、あらかじめ割り振ってある彼女用の棚へと戻す。

最近はきちんとしまってくれていたのだけれど、柊平さんやご両親絡みの件で余裕がなくなっているのだろう。ついでに床に落ちている髪の毛もティッシュでくるんでゴミ箱に捨てる。

もし彼女がいなくなったら、きっと僕はもっと穏やかに暮らせるだろう。脱ぎっぱなしの服が視界に入ることもなくなるし、他人の髪の毛を拾い集める手間もなくなる。この部屋だってもっとのびのび使える。かつて一人で作り上げていた、静かで完璧《かんぺき》な生活がまた戻ってくる。

でも、彼女がいない生活は、きっと孤独で寂しい。

『だからあなたがどんな事情を背負ってようが気にしません！　もっと私を信用してください！』

あんな風に言ってくれた女性は、彼女が初めてだった。彼女は心を偽らない。いつも真っ直ぐに僕へぶつかって来てくれる。

それがとても心地よくて、気がつけばもう三ヶ月も経ってしまっていた。

ずっとこのままでいられたら、と思っていたけれど、僕は彼女にその気持ちを伝えられなかった。怖かったのだ。もし、そう思っているのが僕だけだったらこの生活は終わるのではないかと。

だから、これは罰なのかもしれない。自分の気持ちと向き合うのを恐れ、彼女に建前でしか接してこなかったツケが回ってきたのだ。

未練がましいのかもしれない。みっともないのかもしれない。でも、それでも僕は諦《あきら》めきれない。僕には彼女が必要なのだ。

（やっぱり、やれることはすべてやろう）

挫《くじ》けかけていた気持ちを奮い立たせて立ち上がる。きっとここで諦めたら後悔する。

僕は皿に残っていた食パンを口に放り込み、コーヒーで流し込んだ。

品川に到着し、駅前のホテルへ向かう。フロントで彼女の旧姓を告げて呼び出しを頼むと、珍しい名字のおかげか該当の宿泊客が一組のみだったようで、すぐに繋いで貰《もら》うことができた。

ロビーに降りてきた彼女の両親は、僕を見るなり困惑した表情になった。お義父《とう》さんは黒のポロシャツにベージュのスラックス、お義母《かあ》さんは白地に花柄が散らされた七分袖《しちぶそで》ブラウスに黒のロングスカートを身につけている。二人とも昨日よりラフな格好なので、今日は一日夫婦水入らずで観光でもするつもりだったのかもしれない。

「あのう……今日は咲はおらんとですか？」

「はい。僕一人で来ました。お二人に僕からお話がありまして。お忙しい所恐縮ですが、少しだけお時間を頂戴《ちょうだい》してよろしいでしょうか？」

お義母さんとお義父さんは顔を見合わせて首を傾げる。お義父さんが僕を見て、渋々といった様子でうなずいた。

「まあ……ちょっと位なら……」

「ありがとうございます。ではホテルのティーラウンジでお話しさせてください」

「はぁ……」

何が何だか分からないと顔に書いてある二人を先導する形で、ロビーの隅にあるラウンジへと向かう。

まだ開店して間もないラウンジには、数組しか先客がいなかった。

陽当たりのよさそうな窓際の席へ案内され、ご両親と向かい合って座る。

お義父さんは椅子に浅く腰掛け、背中を丸めて落ち着かない様子で膝《ひざ》を揺らしている。

「あのぅ……。あんた、今日は会社行かんでよかとですか？」

「今日は休みを取っております」

「そうですか……。それで、ご用っちゅうんは何ですかねぇ？」

お義母さんが遠慮がちに切り出した。僕は鞄《かばん》から封筒を取り出し、すっとテーブルの上に差し出した。

「こちらが私の個人情報になります。私の戸籍謄本と住民票・職業・学歴・家族構成・年収・既往歴などすべての書類が入っております」

「はぁ……何でまたこんなもんを」

「私が詐欺師だと疑っておられるようなので、違うということを証明させていただきたく思いまして」

お義母さんはぎょっとした顔になって僕を見た。昨日、咲さんとお義父さんの言い合いを僕が聞いていたのを察したのだろう。

「こんなもん、いくらでも偽造できるやろうが。書類なんか持ってこられても信用できんわ。あんた、咲になんか吹き込まれたんか？」

「いえ。私が勝手に動いています。咲さんには何も話していません。もし私を信用できないと仰《おっしゃ》るのなら、職場に問い合わせていただいてもかまいませんし探偵を雇ってくださってもいい。私は、咲さんと幸せになりたくて結婚しました。それを信じて欲しいのです」

お義父さんはフンッと鼻を鳴らして書類を僕の方へ突っ返した。

「俺が知りたいのはこんな、紙切れで証明できるような薄っぺらい情報じゃなか。あんたと話してても、いっちょん咲への愛情が感じられん。あんたは本当にあの子が好きなんね？　あの子を大事にしようと思ってくれとるんね？　俺はそれが知りたいと」

（お義父さんは心から咲さんを心配しているんだな）

への字に口を曲げたお義父さんの顔を見てそう思ったけれど、口にしてもよいのか分からず言葉を飲み込む。厚ぼったいまぶたの向こうでは、実直そうな目がじっと僕を見つめている。その眼差《まなざ》しや突き出た唇の形が、怒った時の咲さんによく似ている。

「……大切にしたいと、思っております」

お義母さんが僕の方へ身を乗り出し、おずおずと口を開く。

「……あのぉ、申し上げにくいんですけど、あんたが咲と生活費を折半しとるっちゅうんが私は気になっとって。あの子の給料が安くて生活が苦しいのはよーく知っとるから、結婚してそれが楽になるならと思うとったけど、そうじゃないみたいやし。それで大切にしたいっていわれても、私はあんまり信じられんっちゅうか」

「それにつきましては、咲さんと話し合って見直したいと思っております。咲さん自身の希望でそうしていたのですが、僕も彼女に無理をさせたくはない。ですからご安心ください」

「……あんたのしゃべり方はセールスマンみたいで、俺ぁやっぱり信用できん。まるで保険の勧誘されとるごたる。なあ、あんたは咲のどこが好きになったとね？　あんたみたいな男前なら、いくらでも女は寄ってくるやろ。なんで咲を選んだとね？」

お義父さんの口元や眉間《みけん》に刻まれた皺《しわ》が深くなる。

答えは用意してきた。けれど、どうにも僕のつたない言葉ではお二人に真意を伝えられないらしい。

ならば行動で示すしかなさそうだ。

「――分かりました。では、これから私が咲さんの好きなところを実際に見ていただきたいのですが、よろしいでしょうか？」

「咲本人がおらんのにどうやって見せるんね？」

お義母さんが怪訝《けげん》そうに僕へ尋ねた。

「大変恐縮なのですが、もう少しだけお時間をいただけないでしょうか？　電車で移動をしなくてはならないので」

「はぁ……」

二人はどうしたものか、とお互い顔を見合わせている。

「あんたがそこまでいうなら、最後までつきあうわ。どこまで行くとね？」

「吉祥寺です」

「……土地勘がないから聞いてもどこなんか分からん。まぁいい、さっさと出るばい」

お義父さんはカップに残っていたコーヒーを飲み干して立ち上がった。

どうやら最後のチャンスは貰えそうだ。これで駄目なら僕にはもう打つ手がない。なんとか上手く伝えなくては。

（いや、焦ってはいけない。こういうときこそ平常心を保たなければ）

募る焦燥感を抑えようと、僕は唇を引き結んだ。

新宿《しんじゅく》で中央線快速電車に乗り換えて六駅ほどで、吉祥寺に到着する。

平日の昼間とあって、吉祥寺で降りる客はさほど多くはない——と思っていたのだが。

「はぁ～東京はやっぱり人が多かねぇ」

「人疲れしそうやなぁ」

お義父さんとお義母さんは、ややぐったりした様子で通り過ぎる人々を眺めている。

「大丈夫ですか？　もしお疲れのようでしたら少しどこかで休みましょうか？」

「ああ、そこまでせんでよかよ。それで、これからどこいくと？」

「すぐ近くです。では参りましょうか」

　僕は二人がはぐれないように、いつもよりゆっくりと歩き出した。

　公園口を出てマルイ方面に向かい、ドン・キホーテの脇の角で曲がる。お義母さんは見慣れない街が珍しいのか、きょろきょろとあたりを見回している。

「吉祥寺は初めていらっしゃるんですか？」

「そうですねぇ、テレビで見たことはあるんですけど。品川と違って小さい店が多かねぇ。それに、おしゃれな店がいっぱいやね」

「そうですね。吉祥寺は個人経営のお店が多いので、探索すると楽しいと思いますよ。気になるお店があるなら、あとでご案内しましょうか？」

「あらぁ、どげんしましょうかねぇ、お父さん。せっかく来たし、ちょっとくらいお願いせん？」

「お前、こいつの口車に乗せられてどげんすっと？　ここには咲の件で来とるんやぞ」

　浮き足だったお義母さんの誘いを、お義父さんが一蹴《いっしゅう》する。

　彼は相変わらず難しそうな顔でじっと僕の背中をにらみ付けている。よほど僕は警戒されているようだ。この人を僕は納得させることができるのだろうか？

（いや、余計なことは考えないようにしよう）

「着きましたよ。ここです」

路地を入ったところにある、古びたビルの手前で立ち止まる。

「こげなとこに何《なん》があるんね？」

お義父さんが顔をしかめてビルを見た。

「……ここは、咲さんが勤務されている美容室です。ほら、あそこに咲さんがいます」

僕が指さすと、お義母さんが首を伸ばして、大きなガラス窓越しに店内をのぞき込んだ。

咲さんは丁度、窓に面した席に座っているお客さんの髪の毛をカットしているところだった。

座っている年配の女性には見覚えがある。以前僕がここへ来たときにいた常連らしきお客さんだ。確か名前は三上《みかみ》さんだったか。

「……咲、あんな楽しそうに笑うんやなぁ。あんな顔見たの、初めてやわ」

お義母さんが誰にいうでもなく、ぼそっと呟《つぶや》いた。

「こんなもん見せて、どういうつもりね？」

お義父さんは咲さんが立ち働く姿に視線を向けたまま、僕へ尋ねた。

「僕が言葉を尽くしても咲さんの好きなところをうまく伝えられないと思ったので、こちらへお連れしました。僕は、彼女が美容師として働いている姿を、とても素敵だと感じました」

「あんた、ここに来たことがあるとね？」

「はい。一度彼女に髪の毛を切って貰いました。とても気持ちいい会話と施術でした。僕の希望を完璧《かんぺき》に再現してくれたので、また指名したいと思いました」

咲さんに窓花《まどか》さんが駆け寄り、何かを話している。困り果てた窓花さんの表情から察するに、何かトラブルがあって咲さんに相談しているのだろう。

「……あの子後輩かねぇ。咲、きびきび教えとる感じやん。あの子がこんなに仕事がさばけとるとは思わんかったわ」

お義母さんはじっと咲さんを見つめている。その横顔には、わずかに寂しさの色が浮かんでいた。

「あの子、家ではいーっつもぶすっとして、ろくに喋《しゃべ》らんかったんよ。つまらんそうにしとって、何考えてるか分からん子やったわ。美容師になりたいっちゅうのも、高校三年になって言い出したから、大学受験したくない言い訳やと思っとった。それでも本人がやりたい言うから、美容専門学校に行かせて。それなら就職先を世話してやろうと思って私の知り合いに美容室やってる人がおったから、そこに頼もうかっちゅうたら『東京に行く』ちゅうて勝手に学校の就職課に来てた求人に応募しとった。いつも私には何も相談してくれんで、勝手に決めて……あ」

そこでお義母《かあ》さんがお義父《とう》さんを見てふふっと笑った。

「何やお前、何がおかしいん？」

「昨日、咲がお父さんに怒っとったのと同じやなぁと思って。勝手に何でも決めてしまうところ、二人ともそっくりやね」

「……いらんこと言わんでいい」

お義父さんは唇を尖《とが》らせてそっぽを向いた。確かに、すねているときの仕草が咲さんによく似ている。

「でも、美容師やりたいなら福岡でもいいやろ。何もこんなちっさい店にしがみつく必要はなかろうもん」

「このお店だから、咲さんはこんなにのびのび仕事ができるのだと思います」

「あんた、一回店に行ったくらいでそこまで分かるん？　咲にそう言えって頼まれとるんやないか？」

お義父さんが疑惑の目を僕に向けた。

「実は以前に、咲さんの職場の方々を招いて自宅でパーティーを催しました。店長さんをはじめ、皆さん初対面の僕をとても温かく受け入れてくださって楽しい時間を過ごせました。そのとき店長さんとお話しして、咲さんの性格をとてもよく理解してくださっていると感じましたし、咲さんも店長さんのようになりたいと思って、あの職場を選んだと仰っていました。尊敬している方のもとで働けるからこそ、咲さんは美容師であることを楽しめているのではないかと思います。それに」

『私は美容師だから思うのかもしれませんが、顔も生まれ持った才能の一つですよ』

のばらとの一件のときに咲さんが言ってくれた言葉を思い返しながら、更に続ける。

「僕は、美容師としての咲さんの言葉に救われたことがあります。それはあの美容室で培われた経験が生きていると感じました。僕はここで働いている彼女と一緒にいたいし、見守っていきたいと思っています。だから、どうかもう少しだけ、僕たちに時間をいただけませんか？」

お義母さんははぁーっとため息をついた。なんだか『しょうがないわねぇ』とでも言いそうな顔をしている。

「お父さん。玲司さんがここまで言うとるんやけん、もういいやろ。私たちより、この人の方が咲をよう分かっとるよ」

お義父さんは唇を尖らせたまま、眉間にぐっと皺を寄せて黙り込んでいる。

「ねえ、お父さん」

「うるさい。別に認めんなんて言うとらんやろ！」

お義父さんはやけくそ気味に怒鳴り散らした。

「あんたのことを完全に信用したわけじゃないが、詐欺師じゃないっちゅうんはよう分かった。しばらく様子を見させてもらうけん」

思わず口元がほころびそうになるのを慌てて引き締める。やっと伝わったのだ。僕の嘘偽りない、ありのままの気持ちが。

「ありがとうございます！　誠心誠意、咲さんとよりよい家庭を築いていきます」

「そんなに頭を下げんでもいいわ。その馬鹿丁寧なのはどうにかならんか。どうにもよそよそしくてやりにくいわ」

お義父さんが顔の前で左右に手を振って顔をしかめた。

「善処……いえ、気をつけます」

そういえば咲さんにも、もっとのばらに接するときみたいに砕けた口調で話して欲しいと言われたのを思い出す。やはり彼女も他人行儀に感じていたのだろうか。

（成程、改善の余地がありそうだな）

この喋り方が癖になっているから、直すのは骨が折れそうだが。

そうこうしているうちに、三上さんが出口近くのレジカウンターに立って財布を取り出しているのが見えた。カウンターの中では咲さんがレジを打っている。これはそろそろ三上さんを送りだすために外へ出てくるかもしれない。

「……え、じゃあ……」

「咲さんが外に出てきそうなので、ここを離れましょう」

「あら、そうね。じゃあ行こうかね」

僕はお義父さんとお義母さんを連れ、路地を出て大通りへと向かった。

マルイの前で立ち止まり、お義父さんとお義母さんと向かい合って改めて挨拶《あいさつ》を交わす。

二人の顔つきが先ほどより柔和になっているのは、僕の気のせいだろうか？

「じゃあ、私たちはちょっと吉祥寺観光でもしていきますけん」

「本当に案内しなくてもよろしいんですか？」

「いやあ、二人で適当にぶらぶらするから大丈夫よ。わざわざありがとう。咲にもよろしく伝えとってください」

お義母さんが頭を下げると、お義父さんもしぶしぶといった感じで軽く会釈する。

「こちらこそ、今後ともよろしくお願いします」

「はい、よろしくお願いします。お正月あたり、二人でうちに来んさい。水炊きでも作るけん」

「…………」

お義母さんが棒立ちになっているお義父さんの脇を肘《ひじ》でつついて『何か言え』とばかりに促すが、お義父さんはもごもごと口を動かすだけで、『あー』とか『うー』とか小さな唸《うな》り声しか聞こえてこない。

(……もしかして、照れているのだろうか)

どうにもお義父さんは口下手なようだ。本質は自分と似ている気がして、なんだか親近感が湧いてしまった。

「ぜひ伺います。水炊き、楽しみにしています」

「じゃあ、私らはこれで。行くよ、お父さん」

「そげんせかさんでも」

お義母さんに引っ張られるように、お義父さんがあとからついていく。とても仲がよさそうでほほえましい。

(さて、僕も帰ろう)

念のため全休を取ってあるのでたっぷりと時間はあるのだが、緊張が緩んだのか足どりがやや重い気がする。これは早めに家へ戻って休んだ方がいいだろう。

(せっかく時間があるから、いつもより手の込んだ料理を作ってみようか。咲さんの好きなものはなんだろう?)

そういえば、彼女が好きな食べものを聞いたことがない気がする。よく食べているのはコンビニの鶏そぼろご飯だけど、それが好物とは限らない。

三ヶ月も一緒にいるのに、僕は咲さんの好物一つ知らなかったのかと愕然《がくぜん》としてしまった。

（しかし、わざわざLINEで聞くのもおかしな話だし、どうしよう）

などと考えながら駅へ戻り、公園口のエスカレーターを上りきると――

「あれ？　玲司さんやないですか？　一人ですか？」

浅黒い肌に短く髪の毛を刈り込んだ、スーツ姿の背の高い男性が、僕に近づいてきた。

＊＊＊

公園口近くの喫茶店で、柊平さんと僕は向かい合っていた。

「いやぁー、暑い日はアイスコーヒーに限りますねぇ」

「そうですね」

柊平さんは目を細めてストローでアイスコーヒーをすすっている。改札で偶然会ったあと、『お茶でも飲みませんか』と誘われてここに来たのだ。

彼にどういう意図があって僕を誘ったのかは分からないが、僕も柊平さんに話があったので好都合だと思い、誘いに乗ったのだった。

「柊平さん、ずっとあそこで僕を待っていたんですか？」

「え？　いやぁ、まさか。今日はもう研修もないけん、おじさんとおばさん連れて浅草《あさくさ》でも観光するかねーと思っておばさんにメールしてみたら、『玲司さんと一緒に吉祥寺にお る』っていうから慌ててこっちに来たんです。東京は乗り換えがややこしいでしょう？ 帰り道が分からなくなったら心配やなって思って、おばさんに連絡入れて待ってたら、あんただけ駅に戻ってきたっちゅうわけです」

「そうですか」

「しかし、いつの間におじさんたちと一緒に遊ぶくらい仲良くなったんですか？ 俺も誘ってくれたらよかったのに」

「いえ、ご両親には詐欺師と疑われていたので、その疑念を晴らすためにお会いしたのです」

「あー、そうでしたか。そりゃ大変でしたなぁ。それで、おじさんたち納得してくれたんですか？」

「はい。少し様子を見ると仰《おっしゃ》ってくださいました。それで、柊平さん」

「はいはい、何ですか？」

「……咲さんから、あなたに求婚されたと聞きましたが」

柊平さんが唇からストローを離し、天井をにらんだ。

「あー……。咲のやつ、あんたに喋ったとですか」

「はい。あなたが福岡から出てきてこちらで暮らしてもいいといっていると聞きました。

それは本気でおっしゃっているのですか？」

「冗談でこんなこと言わんですって。今すぐは無理です。けど、ゆくゆくはそうしたいって思っとります」

「そうですか……。それを聞きたかったんです。それで、私からひとつお願いがあります」

「俺に？　何ですかね？」

「どうか、咲さんを幸せにしてあげてください」

「……は？」

柊平さんがぽかんとして僕を見た。

「私からは、咲さんによりよい条件の相手を選んで欲しいと告げました。自分は咲さんと別れたくない。現状は私と咲さんは夫婦ですから、私たちの関係を認めて欲しいとご両親にはお願いしました。ですが、それは私の勝手な気持ちです。もし今後咲さんの考えが変わって、あなたを選ぶというなら私には止められない。だから、もし咲さんとあなたが一緒になるなら、今の彼女の環境を壊さずのびのびやらせてほしいのです」

胸が張り裂けそうな思いをこらえて頭を下げる。本当はこんなお願いなんかしたくない。けれど、優しい言葉ひとつかけられない僕よりも、咲さんをよく知っている彼といた方が彼女にとって幸せだろう。

「ちょちょちょ、ちょっと待ってくださいよ！　何の話ですか⁉　俺、もうあいつに振られとるとですけど！」

「……え？」

今度は僕がぽかんとしてしまった。そんな話は初耳だ。

「それは、本当ですか？」

「こんなみっともない嘘つくわけないでしょうが！　確かに俺は結婚してても構わんって告白しましたけど、ついさっき、断りのメールをもらいましたよ。やっぱりあんたと一緒にいたいって」

「……咲さんが？　僕を？　どうして」

信じられない。僕は彼女を傷つけてばかりで、優しく出来たためしなんてないのに。

「俺に結婚してくれって言われてから、あんたのことばっかり考えてしまうって。あんた以外の男と暮らすなんて今は考えられないって」

そんな馬鹿な。僕といるときは口げんかばかりしていたというのに。

「あんたは変わってて面白いし、もっと傍にいてあんたのこと知りたいって。咲、あんたのことがよっぽど好きみたいやね」

極限まで張り詰めていた緊張の糸がぷつんと切れ、僕は椅子の背にもたれかかった。

「……彼女がそんな風に思っていたなんて、知りませんでした」

「咲本人が自覚してるかどうかは知らんですけど、あいつと話してたら、あ、これはもう俺には分がないなーって分かっちゃうくらいにはダダ漏れでしたね。でも、本当は俺もあんたに負けないくらい咲が好きだったんですけどね」

柊平さんはそう言うと寂しそうな微笑みを浮かべた。

「咲に相応《ふさわ》しい男になってからプロポーズしようと思ってたんやけど、もっと早く来ればよかったな。あんたには完敗です。咲を幸せにしてください」

今度は柊平さんが僕に深々と頭を下げた。

「責任を持って、お引き受けします」

僕もそれに答えて頭を下げる。端から見たら、何かの商談に見えそうな会話だな、などと思いながら。

「じゃあ、そろそろ俺は出ますわ。さっきおばさんから合流したいってメールがあったんで。あ、それと」

「はい？」

「おじさんたちと話してたときのあんた、かっこよかったですよ」

柊平さんはそういってニヤリと笑い、席を立って出て行った。

（……見られていたのか）

よりによって、一番見られたくないところをしっかり観察されていたとは。

最後に強烈な会心の一撃を喰《く》らってしまった。

僕は恥ずかしさで熱くなった顔を片手で覆い、膝《ひざ》に顔がつきそうなくらいに背中を丸めた。

＊＊＊

「咲先輩、遅くまでありがとうございました」

「ううん、窓花ちゃんもお疲れ様。あ、さっきも注意したけどアイロンで髪の毛伸ばすときは力入れすぎないようにね。カットモデルの人、ちょっと痛そうにしてたから」

「うぅ、気をつけます。咲先輩、もう帰りますよね？　一緒に駅まで行きませんかぁ？」

「私はちょっと休憩していくから、先に帰ってて」

「そうですかぁ。じゃあ、お先に失礼します」

窓花ちゃんを見送り、スタッフルームの椅子に体を預ける。

（あーあ。実習、もう終わっちゃったよ。どうしよう）

店を閉めたあと、店長が私か莉子《りこ》に窓花ちゃんの居残り実習を見て欲しいと頼んで来たので、渡りに船だと勢いよく立候補したのだ。だって家に帰りたくなかったから。

なぜ帰宅拒否症に陥っているかというと、柊平の求婚を断った話をどう玲司さんに切り出すかが全然思いつかなかったからだ。

昨日寝ないで一晩中布団の中で考えていたけれど、また玲司さんに冷淡な反応をされたらどうしようかと思うと、頭が真っ白になってしまうのだ。

(帰りたくない……けど、ここに泊まるわけにはいかないし)

少しでも帰る時間を引き延ばしたくてだらだらしてしまう。携帯でもいじって時間を潰《つぶ》そうかと思ってバッグから取り出すと、母親からメールが届いていた。

(何だろ?)

恐る恐るメールを開いてみる。

『件名:またね
今日、夜七時の便で柊平君と一緒に帰ります。お世話になりました。今日玲司さんと話したけど、思っていたより優しくていい人やね。あんたのことちゃんと考えてくれていて安心しました。これからも二人で仲良くね。今度実家に帰ってきたら、お母さんの髪の毛も切ってください。じゃあ、またね』

「……はぁ?」

思わず変な声が出てしまった。

(玲司さんと話したって、今日? なんで? 何を話したの?)

頭の中がクエスチョンマークで一杯になる。昨日の夜と態度が変わりすぎじゃないか。

一体何があったんだろう?

携帯に表示されている時間を確認すると、ちょうど夜十一時を回った頃だった。七時の便で帰ったなら、両親はとっくの昔に家へ着いている頃だろう。

(疲れて寝てるかもしれないけど、ダメ元で電話してみよう)

アドレス帳から母親の携帯番号を呼び出して発信ボタンを押す。しばらくコール音が鳴ったあと、ようやく電話の向こうから眠たげな母親の声が聞こえた。

『もしもし。咲ね? どうしたん?』

「遅くにごめん。さっきメール見たんやけど、玲司さんと今日会ったってどういうこと?」

『いやぁ、今朝玲司さんがホテルまで来たんよ。あんたが本当に好きで一緒にいたいから、信じてくれって』

「……!」

驚きのあまり携帯を取り落としそうになってしまった。どうしていつも、あの人の口から聞きたい言葉は、私じゃない誰かが受け取るんだろう。

『お父さんが『口だけじゃ信用できん』言うたら、あんたが働いてる美容室まで連れてきてくれて、『僕はここで楽しそうに働いてる咲さんが好きなんです。だから一緒にいさせてください』いうて頭下げられてねぇ。それ見てお母さん、もういいかなって思ったんよね。まぁお父さんはまだ『俺は完全に認めたわけじゃないけん』とか意地張っとったけどねぇ』

「うちの店まで来てたの!?　挨拶《あいさつ》くらいしに来てくれたらよかったのに」

『あんた忙しそうやったけん』

「そっか。あと……ごめんね」

『何《なん》ね、いきなり』

「いや、あんまり東京案内とか出来なかったし、お父さんともケンカしちゃったし」

『お母さん達がいきなり来たのが悪いんやけん気にせんで。ケンカのことはお父さんが悪かったって言うとったわ。玲司さんにあんたがこっちに残りたい理由を教えてもろうて、納得したみたいやし』

「え……何それ」

『店長さんに憧《あこが》れとるんやろ？』

「ちょ……待って、そんなことまで玲司さんと話したの!?」

『そうよー。あんた、そういうのぜーんぜん話してくれんから、分からんかったわ』

「うぅ……」

『まぁ、言わんでも伝わるって思っとるところもお父さんそっくりやけどね』

「……私もそう思う。あのね、尊敬してる人の下で働きたいってのもあるけど……。なんていうか……私、自立したいなって思って。福岡にいたら、どうしても実家に頼ってひとり立ち出来ないって思ったから」

『そうね。でも困ったらいつでも頼っていいんよ？　あんたは甘えるのが下手やけんねぇ』

「うん……ありがとう。それで、この話をお父さんに伝えてもらっていい？」

『それは自分で言いんさい』

ぴしゃっと断られてぅぅ、と唸《うな》り声が出てしまった。父親とこんな話するなんて恥ずかしすぎる。でもきっといつかは向き合わなきゃいけないんだろう。今はまだ覚悟が決まらないけど。

『でも、安心したわ。あんたがいい人と結婚しとって。ハガキもらった時は結婚詐欺やなんやって大騒ぎやったけんねぇ』

「いや……ほんとにごめん……。今更だけど……」

『和葉《かずは》と枝織《しおり》も玲司さんに会ってみたいって言うとったし、今度玲司さんと一緒に帰ってきんさい』

「あー……うん。年明けあたりで、二日くらい休めないか、店長に相談してみる」

『そうね、決まったらまた連絡して。じゃあ、そろそろお母さん寝るわ。おやすみ』

「うん。おやすみ」

電話を切ったあと、脱力しすぎて床に倒れそうになってしまった。

「……聞いてないんだけどー」

私が知らないところでそんな展開になっていたなんて。蚊帳《かや》の外にも程がある。

（玲司さん、私にはそんなこと言ってくれないくせに。なんでお父さんとお母さんには話せるのよ）

腹立たしいやら恥ずかしいやらで頭がめまぐるしい。

でも、よくよく考えてみたら、彼がわざわざ店まで両親を連れてきて説得してくれたお陰で、こうして穏やかに母親と話せているのだ。

両親は自分の話を聞いてくれない、分かってくれないと思い込んでいたけれど、私はこれまできちんと両親と向き合って、自分が東京で美容師として働きつづけたい理由を説明したことがあっただろうか？

（うわ……私の精神年齢、低すぎでしょ）

自分はいっぱしの大人だという自負があったけれど、玲司さんにフォローしてもらってようやく親と和解出来ただなんて、大人としてはかなり情けない。

（余計どんな顔して会えばいいか分からなくなってきた……）

いい加減帰らないと、と思うのにお尻《しり》から根が生えたみたいに椅子から立ち上がれない。

結局ようやく美容室を出られたのは、終電間際になってからだった。

＊＊＊

帰宅すると、玲司さんはリビングでノートパソコンとにらめっこしていた。

テーブルにはクリップで留められたレシートが、ずらりと縦二列に整列している。

「ただいま帰りました」

「ああ……お帰りなさい。遅かったですね」

玲司さんはパソコンの画面に視線を向けたままそう言った。

「何、してるんですか？」

「家計簿をつけています。最近慌ただしくて先月の分をつけそこねていたので」

「そうですか」

カタカタとキーボードを叩《たた》く音だけが部屋に響く。めちゃくちゃ話しかけづらい空気を作られている気がするのは被害妄想だろうか。

（お母さんから聞いた話、本当なのかな）

母親からはかいつまんで聞いただけなので、玲司さんに詳細を確認したいけれど、どう切り出していいか分からない。

まさか『私と一緒にいさせてくれってうちの両親に直談判したって本当ですか？』なん

て聞けないし。

もう疲れたしそれはまたの機会にしよう、とリビングを出たときだった。

「……あの」

玲司さんが私の背中に声をかけてきた。

「はっ、はいっ！」

私は叫んで振り返った。まさかあっちから声をかけてくるとは思っていなくて、声が裏返ってしまう。

「咲さんがここへ引っ越してきた時に決めたルールの話なのですが……あなたと私の収入差について考慮しておりませんでしたので、家賃の見直しを図りたいと思うのですが」

何を言い出すかと思えば家賃の話とは。何もこの気まずい雰囲気の中切り出さなくても。

「ええと、私は折半でも構わないんですが」

「しかし、美容師の賃金はそう高くないと聞きました。もし負担が大きいのであれば私が多めに出しましょう。その……夫婦、なのですから、頼って下さい」

玲司さんは私の顔が見られないのか、ノートパソコンの画面に向かって話しかけている。

（あ、これうちの親にあれこれ言われたの気にしてるな）

美容師の賃金が云々《うんぬん》なんて今まで口にしなかったし、もしかしたら私がいないところで父親に何か吹き込まれたのかもしれない。

（でも、私の生活を心配してくれてるんだよね）

以前だったら余計なお世話だと感じたかもしれない。けれど、今はこれが彼なりの不器用な優しさだと分かるから、素直にうれしい。

「ありがとうございます。でも、今はちゃんと生活出来ているので現状維持で問題ありませんよ。もし本当に困ったら、その時はよろしくお願いします」

「分かりました」

玲司さんはうなずいて、更にひとつ大げさな咳払《せきばら》いをする。そして相変わらずノートパソコンに顔を向けたまま、私に話しかけて来た。

「……次のお休みはいつですか」

「来週は木曜日が休みで、その次の週は店休日があるので火曜日と木曜日が休みです」

「そうですか。僕も火曜日が休みなので、再来週一緒にどこかへ出かけませんか？」

「……どこかって、どこへですか？」

「それは、これから話し合いましょう」

玲司さんはパソコンの画面に向かってそういった。まるで私ではなくパソコンと会話しているみたいだ。

（これって、デートのお誘い……なのかな？）

そういえば、二人きりでわざわざどこかへ出かけるなんて初めてではなかろうか。三ヶ月も一緒に暮らしているのに。

「ええと、これはデートと認識していいのでしょうか？」

「そうなりますね。なので遠出をしてみるのもよいかと思います」

「……じゃあ、富士山でも登りますか？」

「悪くはないですが僕は登山初心者なので、いきなり富士山は難易度が高いかと」

冗談のつもりだったのに真顔で返されてしまった。この人に冗談は通じないって分かってて言ったんだけど。

「まぁ、あまり張り切りすぎても次の日に響きますし、スカイツリーとか上野動物園あたりがいいのかもしれませんね」

「そうですね、まだ約束の日まで時間があるので、こちらでもリサーチしておきます。それと」

「はい？」

「……当日はおしゃれをして出かけましょう」

何を言ってるんだこの人は？　と首を傾げていたところではたと思い出す。

『……あなたの格好がいつもと違うようですが、どうしたんですか？』

『あーこれですか？　久しぶりに友達と飲むから、ちょっとおしゃれしちゃいました』

柊平と飲んだあと、そんな会話をした気がする。あのときは単に服装が違うから気になったのかなとスルーしていたけれど、もしかしてこれって――

「玲司さん、柊平に嫉妬《しっと》してます？」

「……していません」

ノートパソコンに向かって呟《つぶや》く玲司さんの頰に、わずかに赤みが差している。これは照れていると思っていいだろう。

（あ、やばい。ニヤニヤしてきちゃう）

『ねえ嫉妬？　それって嫉妬してるの？』とのばらさんばりにはしゃぎたくなってしまうが、さすがにいじめみたいになってしまうし、やめておこう。

「分かりました。とっておきの服を着て出かけますから」

「……よろしくお願いします。それと、冷蔵庫に鶏そぼろご飯の具があるので、お腹がすいていたら、炊飯器のご飯をよそって食べてください」

「ありがとうございます。じゃあ、あとで少しいただきますね」

「ええ、ぜひ。それと……今度あなたの好物を教えてください」

「は？」

「……今日、あなたの好きなものを何か作ろうと思ったのですが、よく考えたら聞いていなかったなと思ったので」

「……チャーハンは、結構好きですね。あとはシチューとかグラタンとか、ホワイトソース系の食べ物が好きです」

「……覚えておきます」

「あの。よかったら玲司さんの好物も教えてください」

「……僕は好き嫌いはあまりありませんが、天ぷら蕎麦《そば》が好きです」

「蕎麦かぁ……家で作るより外で食べた方が美味《おい》しそうですね。デートのときにでも一緒に食べましょう」

玲司さんはノートパソコンと見つめ合ったまま無言で首を縦に振った。

こんな会話をしたのも初めてな気がする。

今日は初めてづくしの日だな、なんて思いながら私は足取り軽く洗面所へと向かった。

エピローグ

八月も下旬になり、少しだけ照りつける日差しが和らいだ午後。

マンションからほど近い場所にあるお蕎麦屋さんでそろって天ぷら蕎麦を頂いた私たちは、商店街目指して中杉《なかすぎ》通りを歩いていた。

「本当に僕の希望通りでよかったのですか？」

「はい。この間約束しましたし。それに、お蕎麦屋さんって一人じゃめったに入らないので、たまにはこういうのもいいかなって」

「そうなのですか。僕は外食といえば蕎麦屋なのですが」

「あー、私は九州の人間なんで、うどんの方がなじみが深いですしね。今日食べたのは更《さら》科《しな》蕎麦……でしたっけ？」

「はい。蕎麦の三大系統は更科、藪《やぶ》蕎麦、砂場蕎麦といわれています。僕は更科が食べやすくて好きですね」

「おぉ……玲司《れいじ》さん、蕎麦に詳しいですね」

「これくらいは一般常識だと思いますが」

なんてたわいない会話を交わしながら、のんびりと散歩を楽しむ。デートというにはあまりにも近場すぎるけれど、私たちにはこれくらいが気楽でちょうどいい。

——どこへデートに行くかについてミーティングを重ねて協議した結果、阿佐ヶ谷《あさがや》駅近辺を散策ということに落ち着いた。

なぜならば私も玲司さんもデートの経験が少なすぎて、調べれば調べる程どこへ行けばいいのか分からなくなってしまったのだ。

加えて私のめんどくさがり精神が発揮され、一般的にメジャーなデートコースとされるディズニーランドや山下《やました》公園などという、早起き必須《ひっす》、行列必至の場所は除外されてしまった。

そうなるともう、初心者マークつきの私たちに残された選択肢は数少ない。

玲司さんがネット検索にて調査を重ねた結果、こういう時は二人の趣味が重なる場所へ行って、一緒に楽しむというのが理想的っぽいと分かったのだけれど、哀しいかな私達はそろって無趣味人間なのだった。こんなところが一致しなくてもいいのに。

そういうわけで、引っ越してからろくに出歩いていない私へ、玲司さんが阿佐ヶ谷駅近辺を案内してくれるツアーという方向に落ち着いたのだった。

「阿佐ヶ谷って高円寺《こうえんじ》に比べると、落ち着いてますよね。高円寺はなんか、いつでもお祭り騒ぎって感じだったので」

「高円寺は観光地でイベントも多いですしね。阿佐谷は生活しやすい街だと思いますよ」

「そうですねぇ、商店街に一通りお店がそろってるのがいいですよね。でもたまに面白そうなお店ありますよね。ドイツ村のお店とか。そういえば高円寺にあった紅茶屋さんも阿佐谷に移転しちゃったんですよね」

「そのようですね。ところで……」

「はい？」

「……その服、似合ってますね」

玲司さんが満を持して、という雰囲気をあらわに私の方を見た。確かに今日は、私が持っている服の中で一番フェミニンな感じの、薄いオレンジ地に大きな花柄が散ったマキシワンピースなんか着ちゃってるけど。一緒に家を出てるんだから、ずっと見ていたはずなのに今言うなんて、今更感が半端ない。

（ずっとタイミングうかがってたのかな……）

と思うとそれも可愛く思えてくるけど。

「あ、あれカルディじゃないですか？」

前方に見える、入り口前にコーヒー豆や輸入食品が山と積まれたお店を指さす。向かい側には、さっき話していた高円寺から移転した紅茶屋さんの看板が見える。

「看板にそう書いてありますね」

「玲司さん、あそこ行ったことありますか？」

「いえ、僕はいつもアキマルと八百屋でしか買い物しないので」

「ちょっと入ってみませんか？　ほら、パクチーラーメンとかおいしそうですよ」

玲司さんのシャツの袖《そで》を引っ張り、半ば強引にお店へ向かった。入り口で試飲用のコーヒーを配っているお姉さんからちゃっかり紙コップを受け取り、店内へ入る。

このお店は吉祥寺《きちじょうじ》駅構内に入っているから、仕事帰りに寄ることはあるが、やっぱり路面店だと店内が広くて商品の数が段違いだから、テンションがあがる。

「わーなんかよく分かんない調味料ばっかりですねぇ。アボカドオイルって何に使うんだろ」

「輸入食品ばかりだと思っていましたが、日本の製品もあるんですね。ゆずのぽん酢か……鍋《なべ》に使うとよさそうですね。いやぽん酢の炒《いた》め物もありか」

玲司さんはまじまじと調味料コーナーを眺めている。趣味がないと思いきや、結構調味料に興味を持っているようだ。

「そんなに気になるなら買ってみたらどうですか？」

「そうですね……しかし、八百円か……ちょっと高いな……」

などと言いながら、玲司さんは買い物かごを取って来てゆずぽん酢の瓶を中へ入れる。

ああ、どこに出しても恥ずかしくない、新婚ホヤホヤの仲良し夫婦の休日って感じだ。

（よく考えたら、結婚してるんだからわざわざ遠くまで出かける必要もないもんね）

デートというのは、恋人同士が会えなかった時間を埋めるための非日常イベント、というイメージなのだけれど。

夫婦も年を重ねて倦怠期《けんたい》が訪れれば、そういう特別な日が必要になるのだろうか。今はまだ想像がつかないけど。


三十分ほど店内をうろうろした後、二人揃って買い物袋を両手に提げて店を出た。

「結構買っちゃいましたね」

「ええ。珍しい食材がたくさんあったので、ついつい散財してしまいました」

「何買ったんですか？」

「主に調味料ですね。冷凍のベーグルも朝食用に購入しました。咲《さき》さんは何を買ったのですか？」

「私は、パクチーラーメンとパッタイと、あとお菓子ですね」

「……インスタントばかりですね」

「でも美味しいんですよパクチーラーメン。パクチー嫌いじゃなければひとつ食べてみませんか？」

「では、頂きましょう。私のベーグルもよかったらひとつ召し上が……いえ食べて……食べろ……」

玲司さんの語尾がいきなり三段活用調になってしまった。

「あの、どうしたんですか？」

「以前あなたから、のばらとしゃべる時のようにもっと砕けた口調で話してほしいという要望があったのを思い出したので。一人称だけは『私』から『僕』へ移行出来たのですが」

そういえばそんなことを言った気がするけど、すっかり忘れていた。

「もしかして、ずっと気にしていたんですか？」

「ええ。実はお義父《とう》さんにもよそよそしいと指摘を受けていたので。しかし、癖になっているのでなかなか直せないですね」

「無理しなくていいと思いますよ。私もずっと敬語ですしね」

「こっちの方が気楽なんですよね。おかしな話なのですが」

以前よりは少し砕けた感じになってきたけれど、相変わらず私たちは出会った頃のかしこまったしゃべり方のままだ。

でも、これが自分たちらしいといえば、らしいのかもしれない。何も世間一般の夫婦と同じにしなくてもいいのだ。そもそも初めは書類上だけの仮面夫婦だったのだから。

「はぁー買いすぎてちょっと疲れましたね。どこかで休憩しましょうか」

「そうですね。この近くに神社があるのですが、そこに行ってみませんか？」

「神社……ですか？　喫茶店じゃなくて？」

「はい。喫茶店もいいですが、少しは阿佐谷観光らしきこともしておこうと思いまして」

確かに、蕎麦屋とカルディではごくごく普通のご近所散歩、という感じだけれど、そこで神社が出てくるのが玲司さんらしいというか。

「いいですよ。静かで落ち着けそうですし」

「ええ、緑が多くて、夏でも涼めますよ。では行きましょうか」


パール商店街を出て再び中杉通りを歩くと、すぐに大きな鳥居が見えてきた。近くには小学校があったりして、落ち着いた雰囲気が漂っている。

「へえ。こんな駅前に神社があるなんて、珍しいですね」

「そうですね。ここは全国で唯一、八難除と呼ばれる厄払いを受けられるそうですよ」

「八難除って初めて聞きました」

「厄払いのほかに、火・水・人から起こる災難を取り除く祈禱《きとう》を行うんだそうです。物事がうまくいかない時にも祈禱してもらえるそうです」

「わ、なんか御利益めちゃくちゃありそうですねぇ」

境内は確かに、うっそうとした木々に囲まれていてひんやりとしている。クーラーの人工的な冷気と違って、肌に優しい冷たさだ。

拝殿周りには、可愛いおみくじやお守りがずらりと並べられていた。

「うわ、この月みくじってすごい可愛いですね。このレースのブレスレットみたいなのもお守りなんですか？」

「それは阿佐ヶ谷神明宮のオリジナルお守りだそうで、大変人気だそうですよ」

「これはアクセサリーっぽくてすごくいいですね。ところで玲司さん、どうしてそんなに詳しいんですか？」

「……もしあなたを案内することがあった場合に、僕が何も知らないのは問題があると思ったので」

玲司さんはぼそっと呟《つぶや》いた。そういえば昨日、やたら携帯とにらめっこしていた気がする。あれはもしかして神明宮の豆知識を仕入れていたのだろうか。

(玲司さんってそういうとこマメなんだよね。何かずれてるけど)

「私、あんまりお守り買わないんですけど、この神むすびはいいですねぇ。ひとつ買っていこうかな」

「それなら、僕がプレゼントしましょうか」

「え。いいですよ、別に」

「……結婚してから、あなたに何も贈り物をしていないので」

「あー……そ、そういえばそうですけど……」

なんだか急に気恥ずかしくなってしまった。こんなところで律儀さを発揮しなくていいのに。

「じゃあ、そういうことならお言葉に甘えて……」

固辞するのもどうかと思ったので、ここは玲司さんの好意に甘えることにした。虹《にじ》鳥居という、淡いピンクと水色が織り込まれたレースのものが可愛いので、それを選んで買ってもらう。

「では、どうぞ」

「ありがとうございます。今度私も何かお返ししますね」

「そうですか。では機会があれば、お願いします」

「あ、そうだ。これ、つけて帰ってもいいですか」

「いいですよ。ではあそこのベンチに座ってつけてはいかがでしょうか?」

玲司さんが、境内の隅にしつらえられたベンチを指さす。

「そうですね。じゃあ、座りましょうか」

二人揃ってベンチに座り、封を開けてレースのお守りを左手首に巻く。アクセサリーなんかめったにつけないんだけど、これが玲司さんからの贈り物だと思うと、顔がほころんでしまう。

(なんか私、中学生みたい)

こんな些細《ささい》な贈り物ひとつで幸せな気持ちになるなんて、いつぶりだろうか。

けれど、それも悪くないな、と思う。

左手をかざしてレースのお守りを見て悦に入っていると、鮮やかな紅色の打ち掛けをまとった女性と、紋付き袴《はかま》の男性が並んで立っているのが目に入った。カメラマンの人がついているから、もしかしてカタログ撮影だろうか？

「あれって、モデルさんか何かですか？」

「いえ、あれは本物の新郎新婦だと思いますよ。ここはよくこういう光景を見かけますよ。結婚式のプランのひとつとして写真撮影をおこなっているのでしょう」

「へえ、そうなんですね」

若い二人は、はにかんだ様子で写真を撮られている。なんだかこちらまで華やいだ気分になって来た。

「いいですねぇ、神社で挙式って。二人ともすごく幸せそう」

「そうですね。ここなら近いから、いつでも申し込みに来られますよ」

「……え？　それって私たちの話をしてます？」

「……他に誰がいるんですか？」

玲司さんは撮影している二人を見ながらそう言った。こういう時は私の顔を見て言ってほしいものだが、今の彼にそれを要求するのは酷なのだろう。そもそも、本心を打ち明けてくれるようになっただけでも大きな進歩なのだし。

しかしそんなことを言われると、ついつい自分達が式を挙げている姿を想像してしまう。

（あの二人みたいに和装も素敵だけど、ウエディングドレスもいいな……って、なに夢膨らませてるの⁉　そもそも私、そういうガラじゃないでしょ！）

むくむくと脳内に浮かび上がった挙式イメージを慌てて打ち消す。

冷静になろうと頬を押さえて歯を食いしばっていると、玲司さんが怪訝《けげん》そうに私を見た。

「どうしたんですか？　咲さん」

「あっ、いえっ……式っていくらくらいかかるんでしょうね？」

「神社での挙式ならさほど高額ではないと思いますが、調べてみましょう」

我ながら可愛くない返しだったな、と反省してしまった。これでは玲司さんをどうこう言えない。

お互いの利害が一致した契約結婚だったけれど、もうその利害もなくなってしまった。けれど私たちは変わらずこうして一緒にいる。愛だの恋だので一緒にいられる程私たちは若くないはずなのに、それでも離れがたいと思ってしまうのはなぜだろう？

「神社のサイトからリンクがありました。平日なら、思っていたよりかなり安いですよ」

玲司さんが携帯を私に向けて挙式プランのページを見せる。これは乗り気だと思っていいのだろうか。そう思うと急に尻込《しりご》みしてしまう。

「……しゃ、写真だけじゃ駄目ですか？　式までは大げさかも」

「僕は別に構いませんが、あなたがそういうなら検討しましょう。式をするとなれば、お互いの両親の意向も確認しなくてはなりませんし」

これはミーティング案件だな、と思いつつ境内を眺める。新郎新婦は気がついたらいなくなっていた。

「そろそろ、帰りましょうか」

「そうですね。あ、晩ご飯なんですか？」

「カルディで買ったゆずぽん酢を試してみたいので、豚肉のさっぱり炒《いた》めにでもしようかと」

「じゃあ、手伝いますよ」

二人並んで、境内を歩く。なんとなく、玲司さんの空いている方の手を握りたいなと思ったけれど、まだそこまで思い切れない。夫婦なんだからそれくらい気軽にしてもいいんだろうけど。

（結婚式の前に、手くらいはつなげるようになりたいよねぇ）

「どうかしましたか？」

「いえ、なんでもないです」

ちょっとだけ恥ずかしくなって、買い物袋を持ち直すふりをして目をそらす。結婚式みたいに、手をつなぐのもシステマティックにできたらいいのに。

「咲さん」

なんて考えていると、隣を歩いていた玲司さんが、いきなり私の名前を呼んだ。

「は、はい⁉　なんでしょうか？」

「手を、つないでもいいでしょうか？」

「……はい？」

「いえ、そういうCMが昔あったな、と思い出しまして」

もしかして某洗剤のCMの話をしているんだろうか。確かにあれは、買い物帰りの夫婦が仲良く手をつないでスキップしちゃうような映像だった気がするけど。

それにしても、どうしていきなりそんな話を持ち出すのだろうか。

さっきまで手をつなごうかどうしようかともじもじしていたのを見抜かれていたのだろうか？　それとも、単なる偶然だろうか。

（えーい、どっちでもいいか！）

せっかくのチャンスだ、乗ってしまおう。

「じゃあ、やりましょうか。CMごっこ」

手を差し出すと、玲司さんがおずおずと私の手を握った。

これはもしかしなくても、夫婦として初の第一次接触ってやつではないだろうか。

と、一人恥ずかしげに頬を染めていると、玲司さんは私の指先の感触を確かめるように、握った手を緩めたり強めたりしている。

「……咲さんの手、荒れてますね」

(手を握った第一声がそれかい！)

思わず心の中で突っ込んでしまった。確かに一般的な女性の手よりはガッサガサだけれど。一応保湿クリーム塗りたくってるのに。

「まぁ、毎日シャンプーしまくって薬剤荒れしてますからね……」

「でも、それだけあなたのキャリアが手に現れているのですね。いい手だと思います」

玲司さんはそう言って目元を緩め、私の手を強く握り直した。男の人にしては細くて、少し筋張っていて、でも手の平はしっかりと厚くて。つないだ手の温かさを感じて、きゅうっと胸が締め付けられそうになる。

二人とも三十歳に手が届こうとしているのに、三ヶ月経ってやっと手を握るなんて、初々しいにもほどがある。

しかもこの程度でドキドキしてしまうなんて、本当に不覚だ。きょうび、小学生でももっと進んでいるんじゃないだろうか。

(でも、こういうのも悪くないな)

紙切れ一枚から始まった関係だけれど、これからはこうやってゆっくり近づいていくのだろう。近づきたい、近づけるといいな。

なんて思いながら、隣を歩く玲司さんの横顔を見つめた。

あとがき

富士見L文庫様では初めまして。紅原香《べにはらかおる》と申します。

とあるご縁で担当様とお会いすることになり、そして気がついたら「結婚相談所に勤めている男性と契約結婚する話で本を出しましょう！」と話がまとまっていました。そして紆余曲折《うよきょくせつ》の結果このお話が出来ました。

このお話を書くに当たってテーマを決めなくてはと色々考えたのですが、「みんなもっと好きに生きればいいじゃん！」という結論になりました。なので、咲も玲司も、そして他のキャラも皆人目を気にせず、好きに生きています。莉子だけはちょっと違いますが、きっと彼女もこれからどう生きるか模索するんじゃないでしょうか。

「結婚がテーマじゃないんかい！」と突っ込まれそうですが、結婚も好きにすればいいと思うんです。世間一般で言われるような「正しい結婚」じゃなくとも、お互い思いやって、自分達が楽しく暮らせるような環境を作っていけばいいんじゃないかなーなんて。自由に見えてまだまだしがらみが多い世の中だからこそ、そう思います。

こういうことは自分が結婚してから考えるようになったので、なんでも経験しておくものだな、と思いました。

今回の主な舞台は阿佐谷《あさがや》と吉祥寺《きちじょうじ》になっておりますが、どちらも素敵なお店がたくさんあります。今回作中のどこかでご紹介出来たら……とウズウズしていたのですが、引きこもり属性の二人にはまだまだたどり着けない場所のようで、最後まで行く機会を作れませんでした。残念。そして阿佐ヶ谷神明宮の神むすびは本当に可愛らしいので、お近くまでいらした時にはぜひ。私もずっと欲しいなと思っていたので、取材を言い訳にひとつ購入しました。

最後に、迷走する私に的確なアドバイスを下さった担当N様。イラストを担当して下さったさかもと侑《ゆう》様。取材や監修に協力して下さった関係各所の皆様。N様とのご縁を繋《つな》いで下さったS様。そしてこの本を手に取って下さった読者の皆様。本当にありがとうございます。

またお目にかかれる日を願って。

二〇一八年一月　紅原　香

お便りはこちらまで

〒一〇二―八五八四
富士見L文庫編集部　気付
紅原　香（様）宛
さかもと侑（様）宛

富士見L文庫

契《けい》約《やく》結《けつ》婚《こん》ってありですか
利《り》害《がい》一《いつ》致《ち》から始《はじ》まる恋《こい》？

紅《べに》原《はら》 香《かおる》

平成30年 3 月15日　初版発行

発行者　三坂泰二
発　行　株式会社KADOKAWA
〒102-8177　東京都千代田区富士見2-13-3
電話　0570-002-301（ナビダイヤル）

印刷所　旭印刷
製本所　本間製本
装丁者　西村弘美

定価はカバーに表示してあります。

KADOKAWA　カスタマーサポート
［電話］0570-002-301（土日祝日を除く11時〜17時）
［WEB］https://www.kadokawa.co.jp/（「お問い合わせ」へお進みください）
※製造不良品につきましては上記窓口にて承ります。
※記述・収録内容を超えるご質問にはお答えできない場合があります。
※サポートは日本国内に限らせていただきます。

ISBN 978-4-04-072673-1 C0193

ぼんくら陰陽師の鬼嫁

著／秋田みやび　　イラスト／しのとうこ

ふしぎ事件では旦那を支え、
家では小憎い姑と戦う!?　退魔お仕事仮嫁語！

やむなき事情で住処をなくした野崎芹は、生活のために通りすがりの陰陽師(!?) 北御門皇臥と契約結婚をした。ところが皇臥はかわいい亀や虎の式神を連れているものの、不思議な力は皆無のぼんくら陰陽師で……!?

【シリーズ既刊】1〜3巻

富士見L文庫